DAS KULTURELLE GEDÄCHTNIS · VERLAG
ASTV NON VI

Briefe aus der DDR 1989–1990

HERAUSGEGEBEN VON INGRUN SPAZIER

MIT EINEM NACHWORT VON CHRISTOPH HEIN

Vorwort der Herausgeberin [7–15]

Briefe 1989–1990 [17–218]

Epilog [221–226]

Nachwort von Christoph Hein [229–234]

Die Briefautoren [237–238]

Vorwort der Herausgeberin

Die vorliegenden Briefe, geschrieben von Februar 1989 bis zur Auflösung der DDR am 2. Oktober 1990, sind sehr persönliche Zeugnisse. Sie sollen und können kein Abbild der historischen Wahrheit oder des historisch Wesentlichen sein, sondern es sind spontane, emotionsgeladene Äußerungen, ursprünglich nicht dafür bestimmt, einmal einer breiteren Öffentlichkeit zugänglich gemacht zu werden.

Die zweifellos sehr subjektiven Einschätzungen und Wertungen, im Zuge des so unerwarteten wie unvergleichlich rasanten Umbruchs geschrieben, waren tags darauf teilweise schon überholt. Und sie können ohnehin nur die jeweils individuelle Wahrheit aus der Sicht eines Einzelnen in seiner ganz persönlichen Befindlichkeit widerspiegeln.

Aber die unmittelbare Zuordnung zu konkreten Erlebnissen angesichts so tiefgreifender Veränderung aller Strukturen der DDR, vor allem in zeitlicher Distanz zum Geschehen, so unsicher deren Interpretation auch sein mochte, macht diese Zeitzeugnisse wertvoll. Am Rande erfährt man etwas aus einem Alltag, der sich teils gar nicht geändert hat. Bei aller Bedrückung ist man den kleinen Freuden aufgeschlossen, richtet sich daran auf, versucht, jeder auf seine Weise, für sich ein Stück Normalität zu bewahren, um vom reißenden Strom der Ereignisse nicht aus der Bahn geworfen zu werden und alles aushalten zu können. Man unternimmt kleine Erkundungsreisen in bislang verwehrte westliche Gefilde, oder man findet in der alten DDR unvermutet stille erholsame Flecken, weil alles in die Ferne strebt. Der Leser von heute oder morgen wird aus diesen Briefen vielleicht nicht mehr erkennen können, was in der DDR im Einzelnen wirklich vorging. Aber er kann Eindrücke gewinnen, wie die Ereignisse auf einzelne Menschen sehr unterschiedlich wirkten. Davon, was DDR-Bürger in jenen Tagen empfanden und was sie bewegte, vermag diese Briefsammlung ein anschaulicheres und zutreffenderes Bild zu vermitteln, als die zukünftige Geschichtsschreibung.

Es war im Sommer 1989 etwas in Bewegung geraten, was die Aufmerksamkeit der Welt auf sich lenkte: Massive Asylsuche von DDR-Bürgern in den BRD-Botschaften in Ostberlin, Prag, Warschau, Budapest. Immer mehr Menschen wollten nicht länger auf langwierige Bearbeitung und schließlich negative Entscheidung ihrer Ausreiseanträge warten. Sie hatten es „satt", sie wollten raus in die „Freiheit", was immer sie sich darunter vorstellen mochten. Die meisten meinten wohl Freiheit des Reisens, und viele hatten den Wunsch, endlich auch teilzuhaben am unüberschaubaren Warenberg des Westens. Einige dachten wohl auch an wirkliche Demokratie, die sie im Westen anzutreffen hofften: Freiheit der politischen Meinungsäußerung, bessere berufliche Möglichkeiten (ungeachtet der bekannten hohen Arbeitslosenziffern), Selbstverwirklichung, der in der Bundesrepublik angeblich keine Schranken gesetzt sind.
Parallel zu diesem sich immer eindringlicher artikulierenden Wunsch, der DDR den Rücken kehren zu können, formierte sich völlig unspektakulär, großenteils im Schutz der Evangelischen Kirche, eine Bürgerbewegung aus Verantwortungsgefühl für dieses geschundene Land DDR und seine Bewohner. Sie sorgten sich um die Umwelt, klagten die Menschenrechte und demokratische Grundrechte ein, drangen auf Abrüstung, wollten den Signalen von Glasnost und Perestroika, die Michail Gorbatschow ausgesandt hatte, auch in der DDR zum Durchbruch verhelfen. Sie skandierten mit Nachdruck: „Wir bleiben hier!"
Aber der Antrag des „Neuen Forums" im September 1989, als Bürgerbewegung offiziell anerkannt zu werden, wurde von der betonköpfigen Regierung mit der Begründung abgewiesen, für eine derartige Bewegung bestünde keine gesellschaftliche Notwendigkeit. Die vorhandenen demokratischen Mitwirkungsgremien seien bewährte und hinreichende Interessenvertretungen der Bürger.
Es ist bekannt, wie sich die Situation weiter zuspitzte bis hin zum 7. Oktober 1989, als die Führung der DDR sich ungeachtet der überaus angespannten Situation (Tausende überwiegend

junge Bürger reisten täglich über die ungarisch-österreichische Grenze und Anfang Oktober mit Zügen von Prag über Dresden nach Bayern aus) anschickte, die 40. Wiederkehr des Staatsgründungstages festlich zu begehen. Der übliche „Staatsakt“ (Fackelzug am Vorabend, Militärparade am Jahrestag selbst, Festansprachen im Palast der Republik) war unausweichlich begleitet von Demonstrationen in Berlin, Leipzig, Dresden und anderen Städten. Und die Staatsmacht hatte sich gerüstet. Es kam zu brutalen Übergriffen der Polizei. Sehr bald wußte man auch, daß Stasi-Leute sich unter die Demonstranten gemischt und provokantes Verhalten vorgetäuscht hatten, um den „Ordnungshütern“ Veranlassung zu „Zuführungen“ zu geben. Mit großer Erleichterung hatte man dann zur Kenntnis nehmen können, daß es zum Schlimmsten, zur „chinesischen Lösung“, nicht gekommen war.

Gedrängt und erzwungen von den Montagsdemonstrationen vor allem in Leipzig, aber auch in anderen Groß- und Mittelstädten – nicht zu vergessen die wohl gewaltigste und absolut gewaltfreie Demonstration in der Geschichte der DDR von Künstlern und Schriftstellern auf dem Berliner Alexanderplatz am 4. November – folgte Schlag auf Schlag: Absetzung von Honecker, Mittag und Hermann (später des gesamten Politbüros), Machtübernahme durch Egon Krenz, den Benjamin des Politbüros, Bildung eines Übergangskabinetts unter Vorsitz von Hans Modrow, schließlich Öffnung der Mauer am 9. November 1989.

Das Niederreißen des „antifaschistischen Schutzwalls“ löste einen Reisetaumel aus. Der Verkehr auf Straßen und Schienen kam zum Erliegen. Die westdeutschen Städte in den Grenzregionen waren verstopft. Angesichts der sich umarmenden Menschen aus Ost und West mochte man für kurze Zeit das Gefühl haben, das sei wirklich *ein* Volk, das gewaltsam getrennt war und nun beglückt zueinander gefunden hatte. Tausende, die an wirksame Veränderungen nicht glaubten, faßten auch jetzt noch den Entschluß, das Land zu verlassen. Die kleine DDR drohte auszubluten. Im Westen war besorgniserregend, daß die Auffanglager die Menschenmassen nicht mehr fassen konnten.

In der DDR probte man nach der weltweit bewunderten gewaltlosen Revolution des Volkes – leider nur kurze Zeit – besonnene Basisdemokratie. Es konstituierten sich wirkliche demokratische Gremien und nahmen die Arbeit auf: Bürgerkomitees zur Untersuchung der Polizeiübergriffe um den 7. Oktober 1989 und zur Auflösung des Amtes für Staatssicherheit, der Runde Tisch, gebildet aus Vertretern der verschiedenen oppositionellen Gruppierungen und der noch herrschenden Parteien als Ort des offenen Dialogs mit dem Ziel, einen Konsens für die Lösung drängender politischer Fragen zu finden, und Runde Tische überall im Lande. Schließlich kooptierte man Minister aus den Reihen des Runden Tisches zur Bildung einer „Regierung der nationalen Verantwortung".

Die DDR war in diesen bewegten Wochen und Monaten täglich in den Schlagzeilen: Neue Enthüllungen über die Machenschaften der alten Führungsclique und speziell des Stasi-Apparates, die die Bürger empörten, erzürnten, erschütterten. Früher als zunächst geplant wurden die ersten freien Volkskammerwahlen angesetzt. Hoffnungen verschiedenster Art wurden in den Köpfen und Herzen der Menschen genährt. Für viele Leute irritierend, erschienen Politiker aus der BRD und begannen sich auf dem Territorium der DDR wie zuhause, fast schon wie Hausherren zu bewegen. Einige kritische Betrachter fanden diese Szenerie makaber. Große Teile der DDR-Bevölkerung begrüßten die westlichen Spitzenpolitiker tatsächlich als wahre Heilsbringer.

Die Ergebnisse der Volkskammerwahlen am 18. März und der Kommunalwahlen am 6. Mai wurden von den einen begrüßt, von anderen aber auch mit großer Enttäuschung quittiert. Die meisten Stimmen hatten nicht die Träger der Revolution erhalten. Es siegte eine der Blockparteien, die

40 Jahre lang, ohne auch nur den Versuch unternommen zu haben gegenzusteuern, die Politik der SED mitgetragen hatte. Die Bürgerbewegungen waren wieder in die Oppositionsbänke abgedrängt.

Die wirksamen wirtschaftlichen Hilfen, bereits im November 1989 von der Bundesregierung lauthals angekündigt, blieben aus. Stattdessen entdeckte man die DDR als willkommenen, Gewinn verheißenden Absatzmarkt. Lange vor der Währungsunion am l. Juli 1990 stimmte man die DDR-Bürger auf westlichen Konsum ein. In der Folge verfiel die ohnehin desolate DDR-Wirtschaft zusehends. Nur noch wenige wollten heimische Erzeugnisse kaufen. Die wenigen, die nach solchen suchten, fanden nichts. Die meisten hingegen griffen nach den neuen verlockenden Angeboten, ohne den Zusammenhang zur Entwicklung der Arbeitsmarktsituation in der DDR zu sehen. Günter Grass hat diese Entwicklung auf den Punkt gebracht: „Und schon wieder werden sie bevormundet, wird ihnen etwas vorgemacht, werden ihnen Wunder vorgegaukelt, die nicht eintreffen. Wie lange hören wir das schön, erst wenn ihr das und das macht, wenn ihr schon brav seid, dann investiert die deutsche Wirtschaft. Sie hat bis heute nicht investiert. Sie hat ihren Markt erweitert. Nichts anderes ist geschehen, die Wiedervereinigung als Markterweiterung.

Das ist wenig, das ist gedankenlos, das ist barbarisch und dumm.

Kultur und alles andere bleiben auf der Strecke. So sieht leider die Deutsche Einheit aus, häßlich, und ich bedauere das sehr.“ (in: Freitag, Berlin v. 9.11.1990).

Das Fernsehen, im zurückliegenden Jahr jeden Schritt der untergehenden DDR minutiös beobachtend, zeigte meist nur die jubelnden Leute, die nach der D-Mark gierten und „Deutschland einig Vaterland“ schrien. Die Stillen, Nachdenklichen, Besorgten, Betroffenen, Betretenen, die etwas fassungslos dieser neuen Wendung gegenüberstanden, kamen kaum ins Bild. Die, die sich fragten „Haben wir *das* gewollt?“, wurden von den Reportern nur selten befragt.

Einige von diesen sind meine Freunde, die mir mehr oder weniger häufig, ausführlich oder knapp – jedenfalls sehr umstandslos und vertrauensvoll – geschrieben haben, mir, die wie sie Schule, Studium, Berufsleben, Alltag und Feiertag, gute und schwierige Zeiten in der DDR durchlebt hatte. Den gesellschaftlichen Umbruch in der DDR vermochte ich vollkommen aus ihrer Sicht mit zu vollziehen, umgeben von einer freundlichen, saturierten bürgerlichen Hamburger Gesellschaft, die für mein Empfinden die Vorgänge wie ein sie nicht berührendes spannendes, exotisches, turbulentes Theaterstück betrachtete.

Erst im Oktober 1988 war ich mit meiner Tochter durch Eheschließung und Familienzusammenführung nach Hamburg geraten. Meinem volljährigen Sohn war die Übersiedlung nicht gestattet. Privat war ich wohl im Westen angekommen. An die überwiegend unpolitische Haltung dieser Konsumgesellschaft habe ich mich bis heute nicht gewöhnt.

Fast alles war für meine Freunde nach dem aufregenden Herbst 1989 anders geworden. Aber aus jedem Brief wird deutlich, daß sich für jene, die nicht ausgesprochen oberflächlich veranlagt sind, 40 Jahre Lebensweg und Geschichte nicht einfach über Bord werfen lassen, daß es bei dem Gedanken, an den anderen deutschen Staat so mir nichts dir nichts angeschlossen zu werden, sehr gemischte Gefühle gab (die ich verstand und teilte), Ängste, Verbitterung und Verärgerung über das *Wie* dieses rasanten Prozesses, aber auch Bereitschaft, das Neue anzunehmen und den Willen, möglichst selbst etwas einzubringen bei der Ausgestaltung eines sich formierenden gesamtdeutschen Staates.

Diese Briefe sprechen für jene, denen alles zu schnell ging, jene, die sich auf Grund der massiven Bevormundung in ihrer Würde verletzt fühlten, und jene, die ihr Ideal vom Sozialismus, von sozialer Gerechtigkeit nicht aufgegeben haben, nur weil diese Begriffe in der Vergangenheit schändlich entwertet worden sind.

In der Tat ist es ein ganzes Wertesystem, das ins Wanken geraten ist. Aber die DDR, das war nicht nur Stasi, war nicht nur SED-Herrschaft. Es war auch viel Raum für freundschaftliche Nähe und Wärme und Solidarität, für Verinnerlichung und Sensibilität. Der Konsum hatte noch nicht alle Empfindungen zugeschüttet. Und wir waren weiß Gott keine verängstigten Duckmäuser (was uns bis heute gern zugeschrieben wird).

Und hatte man nicht oft die freie Selbstbestimmung eingeklagt, und wurde Monate später doch schon wieder fremdbestimmt? War man jetzt nicht völlig wehrlos ganz neuen, ganz anderen Entwicklungen ausgeliefert? Eine Lawine überrollte plötzlich dieses Land, walzte alles nieder. Unaufhaltsam war ein Prozeß in Gang gekommen und riß alles mit sich, auch das, was sich bewährt hatte und bewahrenswert war. „Werden wir etwas einbringen dürfen?" wurde von einer meiner Freundinnen skeptisch gefragt. Die Zukunft hat diese Frage inzwischen beantwortet.

Auf die noch im November 1989 so hoffnungsvollen mutigen Herzen hatte sich sehr bald Trauer und Resignation gelegt. Bärbel Boley hat auf der Erinnerungsdemonstration am 4. November 1990 auf dem Berliner Alexanderplatz gewiß auch für meine Freunde mitgesprochen, wenn sie sagte: „Damals haben wir Demonstrationsfreiheit gefordert, heute können wir demonstrieren, soviel wir wollen, aber werden als Pöbel der Straße bezeichnet. Damals kämpften wir für Pressefreiheit, heute können wir alle Zeitungen lesen, aber unsere Probleme stehen dort wenig drin ..."

Am Tag der Wiedervereinigung schien – wenn man sich nicht von dem offiziellen Staatsakt blenden ließ – die Euphorie verflogen und hüben wie drüben waren breite Kreise der Bevölkerung ernüchtert und desillusioniert; schlimmer noch: am 3. Oktober 1990 kam es auf dem Alexanderplatz – inszeniert von jugendlichen autonomen Vereinigungsgegnern – zu Krawallen, die den Bildern vom 7. Oktober 1989 nicht unähnlich waren.

Mit dem 3. Oktober 1990 hatte diese Briefsammlung (aus der DDR) einen formalen Abschluß gefunden (denn danach kamen die Briefe aus den neuen Bundesländern). Keineswegs zu Ende war der Prozeß, der im Herbst 1989 begann, sondern noch ganz am Anfang. Die 16 Millionen Menschen in diesem ausgelöschten Staatsgebilde sind dieselben geblieben mit ihren Hoffnungen, Wünschen, Ängsten und Forderungen. Denn niemand wird ein anderer, weil er im wahrsten Sinne des Wortes über Nacht Bürger eines anderen Staates wurde, zumal die vertraute Umgebung, Freunde, Nachbarn, das eigene Heim nicht verlassen wurden.

Die vierzig Jahre DDR haben diese Menschen geprägt, haben sie einerseits in einem ohnmächtigen Gefühl der Entmündigung und Bescheidung auf das, was „Vater Staat“ ihnen zubilligte, gehalten, andererseits aber vielfach geschärftes politisches Bewußtsein und Kritikfähigkeit entwickelt. Wie sonst wäre das friedliche und entschiedene Aufbegehren gepaart mit einer bestechenden Fähigkeit, den eigenen politischen Willen zu artikulieren, Demokratie zu praktizieren, möglich gewesen.

Die Briefe wurden von mir nicht geändert. Lediglich einige ganz persönliche Mitteilungen wurden zur Wahrung der Diskretion weggelassen.

Hamburg, Dezember 1990, Ingrun Spazier

Über 30 Jahre haben diese Briefe in einem Dornröschenschlaf verharrt. Meine Bemühungen 1991 und 2006 einen Verlag für ihre Veröffentlichung zu gewinnen, waren gescheitert.

Als ich 2020 den „Verlag Das Kulturelle Gedächtnis" entdeckte, kam mir sofort der Gedanke, dieser Name verheißt eine Chance für mein nie aufgegebenes Buchprojekt. Er ist das verlegerische Wagnis eingegangen. Dafür danke ich heute dem Verlag, dem Verleger Peter Graf ganz herzlich.

Hamburg, August 2022, Ingrun Spazier

1989–1990

Briefe aus der DDR

Berlin, 15. Februar 1989

Liebe Ingrun!

Schön, daß Du mir geschrieben hast; natürlich habe ich mich gefreut und danke Dir.

Da war kein Zweifel, daß Du rasch Fuß fassen würdest. Auch im persönlichen Leben sind es die *Mühen* der Ebenen, die – eben – die Mühe machen. Aber auch da kein Zweifel. Gewiß auch wird die Zeit kommen, wo an Stelle von Mann statt Sohn wieder beide stehen können, ohne einen Tropfen Bitterkeit.

Wir – Inge und ich – waren Weihnachten, Neujahr und ein paar Tage im Januar in ein Häuschen in die Thüringer Berge gefahren: Allzunah – 6 Häuser mit 22 Eingeborenen. Die Tage vor Weihnachten fiel Schnee, Schnee, Schnee, so daß wir schon fürchteten – ernstlich – das kleine Auto erst im Frühjahr abholen zu können. Aber so war es eine richtige verträumte weiße Weihnacht mit dem Höhepunkt, daß Thomas und Mathias mit ihren Familien es doch bis dort hinaufschafften und die ganze Familie unter dem Weihnachtsbaum versammelt war. Dann aber kam Nebel, der nicht mehr wich: gute Ausrede, von morgens bis abends zu lesen, wieder mal die Wärme eines richtigen Kachelofens am Rücken zu spüren und nach Urväter Sitte Kreislauftraining zwischen Sauna und Schnee. Also altersgerecht und wohltuend, und wir kamen regeneriert zurück.

Gelesen hatte ich unter anderem die Filmszenarien von Franz Fühmann, darunter „Der Nibelungen Not“ (das Nibelungenlied freilich auch, man will es ja genau wissen), so daß Dein Stichwort Worms• natürlich meinen Neid erregt hat.

Das führt zum Thema Reisen. Mein herausragendes Erlebnis 1988 war meine Vortragsreise nach Fernost. Du kannst Dir das gewiß vorstellen: für den hiesigen Durchschnittsbürger ist es schon ein Erlebnis, 10.000 m unter sich die Orte zu wissen und ein bißchen auch zu sehen, deren Namen an „1001 Nacht“ und damit an frühe und somit schönste Träume erinnern. Auf

• Ich hatte in einem Brief von einem Besuchsaufenthalt in Worms berichtet.

der Erde freilich erinnerte nichts an „Tausendundeine Nacht“ und an die schönen Träume. Ein großes Abenteuer und ein starkes, bleibendes Erlebnis war es dennoch, das ich aus einem dicken Tagebuch und vielen Fotos mir immer mal wieder lebendig machen werde.

Inzwischen hat mich ganz der Alltag, was Du schon daraus ersiehst, daß ich erst heute antworte.

Ich wünsche Dir das Schönste. Sicherlich werde ich irgendwann wieder einmal ein paar Zeilen von Dir bekommen.

Herzlich Heinz

Natürlich läßt auch Inge grüßen, und auch Deinen Lieben unser Gruß.

2.5.1989

Öffnung der ungarischen Grenze zu Österreich.

•

7.5.1989

Kommunalwahlen in der DDR. Von oppositionellen Gruppen werden Wahlfälschungen festgestellt.

Berlin, 21. Mai 1989

Dein Brief in umweltfreundlichem Design (sympathisierst Du etwa mit den Grünen? Oder gehört dieses Papier bereits zum BRD-Standard?) hat mich – wie alle vorangegangenen – erfreut und reichlich kulturell angeregt. Nachdem ich wieder mal zu sehr in meiner Forscherei untergetaucht war (ein Faß ohne Boden), hüte ich jetzt die Freizeit am Abend und Wochenende in altbewährter Weise. Meine Lektüre vorm Schlafen ist zurzeit Heinz Knobloch „Herr Moses in Berlin" – zwar schon etwas angestaubt (Du hast das Buch bestimmt vor 10 Jahren gelesen), aber ganz nach meinem Geschmack: bildend + unterhaltend + stilvoll. Da ich wenig und langsam lese, bin ich besonders wählerisch. Es muß ein Genuß stellvertretend für 'zig Bücher sein, zu denen ich nie kommen kann. Was Du zu Aitmatows „Richtstatt" sagst, ist schonungslos wahr. Ich will zu unserer nächsten DSF•-Jahresveranstaltung ein Gespräch über das Buch führen – nicht einfach. ... Christoph Hein rückt ja mit seiner sezierenden Schreibweise dem Alltagsmenschen nicht weniger desillusionierend auf den Leib – z. B. „Der fremde Freund". Auf den „Tangospieler" warte ich gerade, „Drachenblut" kenne ich noch nicht.

Ein Filmerlebnis hatten wir auch gerade: „Linie 1"••! Wie John von seinen Ausflügen in jene Gegend bestätigt, ist das hautnahe Wirklichkeit künstlerisch überhöht.

Im übrigen erholen wir uns von den Begeisterungsklängen des Pfingsttreffens•••. Da Stephan einen Infekt erwischt hatte, konnten wir nicht in ruhige Heimatgefilde fahren. Hinter unserem Haus tummeln sich wieder die Sommerfrischler und wir begnügen uns auch mit Naherholung: ein Tischtennismatch und ein Spaziergang zu einer Ausstellung als Familien-Sonntag.

Laß wieder von Euch hören!
Herzlichst Sabine

• Deutsch-sowjetische Freundschaft •• Produktion: BRD 1988, Regie: Rainer Hauff ••• Zu dem Pfingsttreffen der Freien Deutschen Jugend 1989 in Berlin kamen 10.000 delegierte Mitglieder

Berlin, 22. Mai 1989

Für Deinen Brief vom 12.4. sei herzlich bedankt. Anita hat mir von Deinem Besuch erzählt. Mit Wehmut habe ich ihrem Bericht gelauscht. Sie hatte mir gesagt, daß Du einen sehr glücklichen Eindruck auf sie hinterlassen hast. Etwas Schöneres kann es nicht geben. Ich freue mich sehr für Dich.

In letzter Zeit habe ich mit großem Interesse „Die Troika“ von Markus Wolf, einem Sohn von Friedrich Wolf gelesen. Vielleicht kennst Du dieses Buch auch. Konrad Wolf, der ehemalige Präsident der Akademie der Künste, wollte einen Film drehen, der seine Kindheit im Exil in der UdSSR, dort entstandene Freundschaften, die bis ins Heute reichen, drehen. Sein Tod hat das Unternehmen verhindert. Sein Bruder Markus hat das Material verarbeitet, das mich und jetzt Eberhard total gefangengenommen hat. Es strömt aus diesem Buch eine große Wärme entgegen, wie ich es wohl noch nie aus einem Buch der Gegenwart empfunden habe. Die vielen Probleme aus der Vergangenheit und der heutigen Gegenwart werden mit so viel Sicherheit von einer festen Position aus beschrieben und beurteilt. Das Buch macht Hoffnung, daß bestimmte politische Haltungen und Handlungen überdacht und neu bewertet werden. Die tragischen oder auch wahnsinnigen Geschehnisse (Stalinzeit), die die sozialistische Gesellschaftsordnung belasten, sollten doch keinesfalls dazu führen, daß das Rad der Geschichte zurückgedreht werden kann. Es ängstigt mich schon sehr, wenn ich verfolge, wie es mit dem Aufstellen oder dem Modernisieren der Atomwaffen gemacht wird. Ist uns die Bedrohung überhaupt voll bewußt? Lassen die Menschen sich doch zu sehr von dieser Gefahr ablenken?

Wie Du ja weißt, ist das Leben hier in vielem wirtschaftlich schwerer als in der BRD. Aber was wird aus all den vielen Menschen auf der Welt, die nicht das Nötigste für ihr Leben haben. Das zählt doch bei vielen überhaupt nicht mehr. Wohin wird das Chaos, das zur Zeit in der Welt herrscht, treiben?

Rasen wir alle einem katastrophalen Ende zu? Doch auch das oben erwähnte Buch macht mir Hoffnung, wie viele Taten von Menschen, die in unserer Zeit wirken. Aber wichtig ist, daß die Menschheit insgesamt sich gegen die Bedrohung wehrt.

Vielleicht ist das Geschriebene etwas wirr, ich denke, Du kannst meine Gedanken nachvollziehen. Hatten wir doch in den vergangenen Jahren einige solcher Gespräche geführt, in denen wir unsere gegenseitigen Ansichten und Gefühle kennenlernten.

Christian• hat nun schon fast sieben Monate gedient, bald wird die Hälfte der Zeit absolviert sein. Es ist schön, daß Bettina Freunde gefunden hat. Jürgen bereitet sich auf die Prüfungen zum Physikum vor. Mal sehen wie es weiter geht. Die Kinder sind gesund und fröhlich.

Dir und den Deinen das Beste!
Herzliche Grüße
Deine Ingrid

• Mein Sohn Christian, der nicht mit nach Hamburg ausreisen durfte, wurde im November 1988 zum Grundwehrdienst eingezogen.

Berlin, 22. Mai 1989

Als freudiger Briefschreiber beeile ich mich, die von Dir eben erhaltene Post zu beantworten – was man gerne tut, schafft man auch in schwächlicher Verfassung. Sie hat ihren Ursprung in der leichten Überforderung (Besuch meiner Freunde in Dresden, K.-M.-Stadt, Schwarzenberg). Überall gab es viel zu erzählen. Jene Dinge, die schwerlich durch Briefe, viel besser durch Rede und Gegenrede geklärt werden können, kamen zur Sprache. Es war für alle sehr erquicklich. Daß ich in dieser Zeit nur drei kleine Aquarelle zustande brachte, ist nicht weiter schlimm. Am Anfang war es zum Draußensitzen zu kühl. Dafür entstanden ein paar Entwürfe für Illustrationen zu Geschichten von H.G. Wells• – für mich relativ phantasieloses Wesen, ein kühnes Unterfangen.

Seit meiner Heimkehr muß ich wieder mal viel Zeit in der Horizontale verbringen. Da mir meine Ärztin wiederholt rät, in Zeiten relativen Wohlbefindens munter zu reisen, da sie auch die anschließenden Flauten gar nicht tragisch nimmt, erscheint mir die Vorstellung, wieder mal mit Dir zu plaudern und außerdem Hamburg wiederzusehen (ich lernte es in meiner Kindheit kennen, aber da waren die Hafenanlagen wahrscheinlich noch nicht so umfangreich. Ist der Zentralfriedhof jener, der in Fuhlsbüttel liegt?) ungemein verlockend. Ich denke erst einmal mit aller Vorsicht darüber nach.

Den Heym•• habe ich regelrecht verschlungen, voll Staunen über seine Kindheit und Jugend, mit großem Interesse an seinem ganzen umtriebigen Dasein und an den diversen Mißhelligkeiten, mit denen er sich herumzuschlagen hatte und die mir sehr verständlich sind. Was mich gelegentlich störte, war ein Hauch von Arroganz, der zwischendurch deutlich wird. Aber seine Gescheitheit und die Eigenständigkeit seines Urteils, bei so viel Weltläufigkeit verständlich, gefallen mir ausnehmend gut. Mindestens so gut hat mir übrigens Martin Walsers

• H.G.Wells (1886–1946) englischer Schriftsteller und Pionier der Science-Fiction-Literatur. •• Stephan Heym: Nachruf. Autobiografie, 1988

Ringen um seine „Stellung in der Welt“ gefallen, die in seinen Essays zutage tritt. Das Buch kann ich nur empfehlen.

Nun, für heute soll es genug sein. Du weißt, ich freue mich schon sehr auf Deinen nächsten Brief.

Sei also lieb und ganz herzlich gegrüßt!
Deine alte Gertraud

4.6.1989

Blutbad auf dem Platz des Himmlischen Friedens in Peking.

•

7.6.1989

In Ost-Berlin werden 120 Demonstranten vorübergehend festgenommen, die dem Staatsrat eine Eingabe gegen Manipulationen bei den Kommunalwahlen übergeben wollten.

•

8.8.1989

Die Ständige Vertretung der BRD in Ost-Berlin wird geschlossen. 130 ausreisewillige DDR-Bürger haben dort Zuflucht gesucht.

Berlin, 16. August 1989

Vielen Dank für Deinen Brief vom 18. Juli. Ich habe ihn gleich erhalten, als ich aus Bratislava zurückkam. Ich habe mich natürlich gefreut, so schnell wieder Post von Dir zu erhalten.

Es war eine schöne Woche. Ich war ganz begeistert von dieser Stadt. Es hat mir besser gefallen als Prag. Alles so gemütlich ... und vor allem die guten Lokale mit dem noch besseren Essen und den leckeren Eisbechern. Man kann von der Donaubrücke auf die österreichische Seite blicken, und Wien ist ca. 25 km entfernt. Da ist es schon traurig, daß für uns alles verbaut ist.

Dein Brief hat mich sehr bewegt. Ich kannte ja Deine Gründe des Weggangs genau, und ich glaube auch zu wissen, was Du meinst. Aber vielleicht sieht man immer das, was man verloren hat, mit ganz anderen Augen. Du wirst doch nicht vergessen haben, wieviel Dumme, Desinteressierte und vor allem Feige es bei uns auch gibt. Wenn dem nicht so wäre, wäre die DDR doch nicht so heruntergewirtschaftet. Es wird immer schlimmer mit der Versorgung und mit vielen anderen Dingen auch.
Es geht doch nicht nur um Tomaten und Gurken, warum hier so viele Menschen wegwollen. Wir haben eine angespannte Situation. Man trifft nur noch auf Menschen, die meckern. Und das hilft ja nun wirklich nicht. Die Entwicklung mit den Republikanern beunruhigt uns ebenso, aber die Ausländerfeindlichkeit wächst auch in der DDR, und was unter dem einmütigen Bekenntnis von 98 % (so etwa war das letzte Wahlergebnis wohl) wirklich verborgen ist, weiß keiner. Jedenfalls haben wir bisher keine Rechtsextremisten und keine Arbeitslosen, und man müßte annehmen, daß ein Einwandererstrom in das gelobte Land der Arbeiter und Bauern einsetzen müßte. – Aber genau das Gegenteil ist der Fall. Es ist beinahe peinlich. Ich gebe zu, daß viele ihr Land verlassen, weil sie glauben, im Westen liegt das Geld auf der Straße. Viele aber wollen weg, weil es auf die Dauer nicht geht, daß man sein ganzes Leben bevormundet, gegängelt, beschränkt und ein-

gesperrt wird. Ich verstehe unsere Staatsführung immer weniger. Mit Druck nach innen, der ständig wächst, kann man auf Dauer auch keinen Blumentopf gewinnen. Und wie die politische Situation im ganzen Ostblock aussieht, das beunruhigt uns ganz besonders.

Aber nun genug von der Politik, leider haben die einfachen Menschen in Ost und West keinen großen Einfluß auf Entscheidungen. Ich war eine Woche in Westberlin und muß sagen, daß ich auch nicht unbedingt dort leben möchte. Aber Sozialismus, wie er in der DDR ist, ist auch nicht seligmachend. Aber, bin ich der Meinung, daß nicht jeder sein Land verlassen kann, weil es ihm in vieler Hinsicht nicht paßt. Ich hoffe, daß mit der Zeit mehr Menschen begreifen, daß Passivität, Gleichgültigkeit und vor allem die Feigheit immer mehr in eine Sackgasse führen.

Zurzeit müßtest Du in den Dünen liegen• und vielleicht ein gutes Buch lesen. Ich hoffe, Du hast einen wunderschönen Urlaub mit Deiner Familie. In Berlin ist ein Bombenwetter. Leider für die, die keinen Urlaub haben, eine Qual. 32° im Schatten. Ich kann es heute nicht einmal im Garten aushalten. Im Institut ist es ebenfalls unerträglich. Gestern mußten wir den Computer abstellen, weil im Zimmer über 30° waren.

Hast Du eigentlich von Deinem geliebten Heinz Knobloch•• „Berliner Grabsteine“? Bitte schreibe es mir. Ich habe vorsichtshalber 1 Ex. mehr besorgt. Wenn Du es schon hast, kann ich jemanden anderes damit beglücken. Ich lese gerade von Isabel Allende••• „Liebe und Schatten“. Leider weiß ich nicht, in welchem Verwandtschaftsverhältnis sie zu Allende steht.
Hast Du von Aitmatow „Die Richtstatt“ gelesen. Wenn nicht, mußt Du es unbedingt lesen, obwohl ich „Der Tag zieht den Jahrhundertweg“ besser fand. Ich habe es meinem Cousin-Onkel nach Lörrach geschickt. Er hat sich daraufhin einige Bücher von Aitmatow gekauft.

• Bezug auf meine erste Urlaubsreise von Hamburg aus an die dänische Nordseeküste •• Heinz Knobloch (1926–2003) Deutscher Schriftsteller und Feuilletonist ••• Isabel Allende (1942) Chilenisch-US-Amerikanische Schriftstellerin, Tochter des Diplomaten Tomás Allende

Nun komme ich langsam zum Schluß. Vielleicht findest Du meinen Brief zur Begrüßung vor, wenn Du aus dem Urlaub kommst. Mit der gleichen Post schicke ich einen kleinen Geburtstagsgruß ab.

Wir wünschen Dir, daß Du Dich in Hamburg richtig zuhause fühlst und alles so schön bleibt wie es ist.

In diesem Sinne grüßen Dich und Deine Familie in alter herzlicher Verbundenheit ganz herzlich
Walter und Anita

9.8.1989

131 DDR-Bürger kampieren unter menschenunwürdigen Verhältnissen im Empfangssaal der Ständigen Vertretung der BRD in Ost-Berlin.
(Meldung der Aktuellen Kamera des DDR-Fernsehens)

•

11.8.1989

Im ARD-Fernsehen nennt Stefan Heym die Ausreisewelle von DDR-Bürgern „ein fürchterliches Phänomen". Die DDR-Führung müsse „kontrolliert" Freiheit geben und einen Sozialismus schaffen, dem sich die Menschen zuwenden.

•

19.8.1989

Massenflucht von 661 DDR-Bürgern über die ungarisch-österreichische Grenze bei einer Veranstaltung der Paneuropa-Union.

Glauchau, 19. August 1989

Ist das ein Sommerwetter! Du wirst in den Dünen liegen und den Nordseewellen lauschen. Vielleicht hörst Du den Gesang der kleinen Meerjungfrau, die uns Hans Christian Andersen so zauberhaft beschrieben hat. Wie habe ich mich als Kind um dieses Wesen gegrämt!

Eberhard und ich sind seit vergangenem Sonntag hier in Glauchau. Es ist wieder ein Arbeitsurlaub geworden. Vorgesehen waren einige Reparaturen, aber wie es halt so ist, wenn man in eine Sache hineinreißt, sieht der wahre Schaden dann doch schlimmer aus, als beim oberflächlichen Betrachten. ... Besitz ist doch eine Belastung. Mein Wunsch war, an einem der Urlaubstage nach Großkochberg zu fahren. Schon lange wollte ich das ehemalige Rittergut der Charlotte von Stein aufsuchen. Es liegt zwischen Weimar und Jena und ist von hieraus bequem zu erreichen. Am liebsten bin ich an solchen Orten allein – ich empfinde mich dann den Menschen nahe, die an so einem Ort gelebt haben. Nächste Woche werden wir ein paar schöne Stätten im Muldental aufsuchen. Du weißt, das Sachsenland hat eine alte Kultur.
Hab recht vielen Dank für Deinen schönen Brief. Ich freue mich immer, wenn Post von Dir ins Haus flattert. Alles interessiert mich, worüber Du schreibst. Es ist schön, daß Deine Tochter Anschluß gefunden hat. Schade, daß ich nicht bei Dir im Garten zum Tee sitzen kann. Aber ich bin froh, daß wir auf diese Weise ein wenig voneinander erfahren, daß wir ab und zu wie durch einen schmalen Spalt schauen können, um von unseren Gedanken und Gefühlen einiges zu erspähen.

In der letzten Zeit habe ich kein größeres Buch gelesen. Eine junge Frau aus der Bibliothek, die in Kürze ihr Studium abschließt, hat mich gebeten, für sie etwas dazu zu tun. Für ihre Abschlußarbeit hat sie das Thema „Wer einmal aus dem Blechnapf frißt“• ausgewählt. Sie soll noch Leserstimmen zu diesem Buch in ihre Arbeit einbringen. Mit der Lektüre habe

• Hans Fallada (1893–1947): Wer einmal aus dem Blechnapf frißt. Berlin: Rowohlt 1934

ich erst begonnen. Mal sehen, ob ich einiges dazu schreiben kann. Du weißt ja, ich hatte vor Jahren mit einem Straffälligen zu tun. Ein paar Schritte bin ich vor Jahren mit dem Haftentlassenen gegangen und weiß, wie leicht die äußeren Lebensumstände den heute Entlassenen gemacht werden, wenn man es an den Umständen vor 55 Jahren mißt. In den Behörden wurde er von den Mitarbeitern würdig behandelt. Eine schöne Wohnung stand für ihn bereit. Aber ob die Menschen den Entlassenen das nötige Vertrauen entgegenbringen, weiß ich nicht zu sagen.

Sonntagmorgen 20. August

Ein warmer sonniger Morgen hat mich in den Garten gelockt. Ich habe alle verwelkten Rosenblüten abgeschnitten. Nun können sich die vielen Knospen entfalten. Meine Eltern haben viele schöne Rosenstöcke. Einige sind fast 40 Jahre alt. Unser Haus steht am Stadtrand und ist in Felder und Wiesen eingebettet. Leider führt die dichtbefahrene Landstraße an unserem Grundstück vorbei. Heute früh ist der Verkehr mäßig, so daß ich während meiner Arbeit dem Glockengeläut lauschen konnte, das von alten ehrwürdigen Kirchen aus der Stadt zu mir herausklang. Es fällt mir schwer, ohne Poesie zu leben. Und gerade dazu ist heute keine Zeit.

Wohin geht die Menschheit? Welches Chaos wird heraufbeschworen? Ich habe Angst. Daß hier vieles geändert werden muß, weiß ich und Du auch, aber was jetzt geschürt wird, ist, so denke und fühle ich, verbrecherisch. In der Gesellschaft, in der Du jetzt lebst, wird es durch diese Machenschaften bestimmt zu großen Konflikten kommen.

Und die Aufrüstung geht hurtig weiter! Darüber wird fast nicht gesprochen. Das Feindbild UdSSR existiert weiter, trotz vieler Vorleistungen. Ach, könnten wir zusammen reden! Es ist doch nur ein Pünktchen des großen Eisberges, worüber wir schreiben können. Die vielen globalen Probleme, die zu lösen sind! Sie kann der „Imperialismus“ nicht lösen. Du weißt es ja selbst, sie vergrößern sich: Kriegsgefahr, Umweltprobleme, Hunger, Gentechnik, Drogen, Alkohol und vieles mehr. Deshalb finde ich es so wichtig, daß das, was Gorbatschow sagt, nicht nur in unsere Hirne, sondern auch in unsere Herzen geht: das neue Denken. In einem Kirchenblättchen, das ich hier bei meiner Mutter gelesen habe, schreibt der Magdeburger Bischof, man sollte die alte Parole „Von der Sowjetunion lernen, heißt siegen lernen“ neu aufgreifen und sie umformulieren: „Von der Sowjetunion lernen, heißt denken lernen“. Dem schließe ich mich voll an. Möge unsere Welt leben! „Es soll nie aufhören Himmel und Erde, Tag und Nacht, Sommer und Winter, Saat und Ernte“ ••...

Viele herzliche Sommer-Sonntags-Grüße
Deine Ingrid

•• 1. Buch Mose 8, 22

24.8.1989

Tadeusz Mazowiecki wird zum ersten nichtkommunistischen Regierungschef nach 1945 in einem osteuropäischen Land gewählt.

•

4.9.1989

*In Böhlen, Bezirk Leipzig, treffen sich Vertreter der sozialistischen Opposition (Gewerkschafter*innen, Student*innen, engagierte Christ*innen, kritische SED-Mitglieder) mit einem Aufruf, sich für einen freiheitlichen, demokratischen Sozialismus zu engagieren.*

•

8.9.1989

Alle 116 DDR-Bürger verlassen die Ständige Vertretung der BRD in Ost-Berlin in ihre Heimatorte mit der Zusage einer umfassenden anwaltlichen Betreuung.

11.9.1989

6500 DDR-Bürger, die in der BRD-Botschaft in Budapest Zuflucht gesucht haben, dürfen ausreisen. Bis Ende September gelangen über 25000 DDR-Bürger auf diesem Wege in die BRD.

•

12.9.1989

Gründungsaufruf der Bürgerbewegung „Demokratie jetzt".

Berlin, 17. September 1989

Am 11. endete mein Thüringenaufenthalt und ich stieg wieder voll ins Leben ein. Auch dort gab es Eintrübungen. Die Massenhypnose hatte auch für leere Plätze gesorgt, aber allmählich gewöhne ich mich daran, in Wohnungen mit gepackten Koffern zu kommen. Die Spreu geht und die Phantasten und wir bleiben. Nachdem der Moloch so viele geschluckt hat, bringt er Sendungen von DDR-Bürgern, die drüben gestandet sind. Gestern habe ich einen unaussprechlich aussehenden Mann, ehemaligen DDR-Bürger aus Halle, am Bahnhof Zoo erlebt. Ich werde lange den Eindruck nicht loswerden. Es war schrecklich! Wie aus Gorkis „Nachtasyl". Man glaubt, das sei Theaterstaffage, aber sein Äußeres ist bitterste Wirklichkeit.

Jedenfalls danke ich Dir 1000mal für Deinen Brief mit Deiner Stellungnahme, die mir ganz und gar aus dem Herzen spricht.

Glaubst Du, die Suse aus Sachsen und Schwägerin meines Vetters erreicht jetzt die Familienzusammenführung? Die hat sich alles vermasselt. Vielleicht rettet sie noch der neue Freund ihrer Tochter.

Wird es also hier das „Land der Dichter und Denker" werden, und bei euch leben dann die, die dem schnöden Mammon nachjagen und das „goldene Kalb" anbeten? Hast Du Rolf Schneider• im Sonntagsgespräch erlebt? Er erklärte, daß „er wohl drüben leben könnte aber es nicht will". Er will hier Leben.

Eigentlich müßte die DDR aufrechnen, welchen materiellen Verlust die Ausgekniffenen darstellen und zur Kasse bitten. Die Jugend, auch noch ohne fertige Berufsausbildung, hat bisher nur gekostet, aber noch nichts eingebracht. Und jetzt werden sie den Ernst des Lebens kennenlernen. Bisher nur Zucker in den Hintern gepustet bekommen. Ich kann nichts mehr hören, denn allmählich greift mich das Problem an. Die kriegen sicher nicht nur das große Heulen, sondern noch Schlimmeres. Dies soll kein Pauschalurteil sein, aber trifft sicher den Kern.

• Rolf Schneider (1932) Kritischer DDR-Schriftsteller

Ein Blatt aus dem Thüringer Wald soll mahnen, daß es auch bei uns schön ist. Ich habe für nächstes Jahr im Juni im Hotel „Tabarzer Hof“ schon vorgefühlt. Die Ecke bietet viele Wanderwege und -ziele.

Viele liebe Grüße von Deiner Alice

19.9.1989

Die Sammlungsbewegung „Neues Forum“ meldet sich in mehreren Bezirken der DDR bei den Behörden an.

•

20.9.1989

Das Innenministerium lehnt den Antrag des „Neuen Forums“ als „staatsfeindlich“ ab.

Berlin, 23. September 1989

Vielen Dank für Deinen lieben Brief. Ich will Dir schnell ein paar Zeilen schreiben, damit Du nicht so lange warten mußt. Ich sitze jetzt bei meiner Mutter am Bett. Seit acht Tagen liegt sie wieder fest im Bett und hat starke Schmerzen. Mich hat der Arzt krankgeschrieben (ich bin aber wirklich beinahe mehr tot als lebendig) und ich verbringe jeden Tag 6–8 Stunden hier. Morgen früh fahre ich mit Walter eine Woche in den Böhmerwald. Ich fahre mit sehr gemischten Gefühlen, aber unser guter Doktor meint, ich müßte das unbedingt tun, Bettina übernimmt die Pflege. Ich werde jedenfalls versuchen, für ein paar Tage meine Sorgen zu verdrängen, damit mein armer Mann etwas von der Reise hat. Er hat sich so auf einen Tapetenwechsel gefreut.

Meine persönlichen Sorgen haben etwas die anderen Sorgen verdrängt. Die Ausreisewelle habe ich mit tiefer Trauer und auch Zorn (auf unsere Obigen) verfolgt. Als Ungarn die Grenzen aufmachte und die jungen Menschen sich jubelnd auf den Weg machten, saß ich vor dem Fernseher, und die Tränen sind mir über das Gesicht gelaufen. Ich weiß auch nicht, was mein Sohn gemacht hätte, wenn er das Grundstück nicht hätte. Wenn man dann unsere Zeitungsmeldungen verfolgt, könnte man das große Kotzen bekommen. Immer sind die anderen Schuld. Es ist eine ganz gedrückte Stimmung unter den Leuten. Der Druck nach innen wird sich sicher verstärken. Jeder hat Angst, denn es wird sich nichts ändern, solange die alte Garde hier das Sagen hat. Was nutzt da das bessere System, wenn die einfachsten Menschenrechte verletzt werden? ... Und in welchem Land funktioniert es überhaupt?

Ich habe leider Deinen Brief nicht bei mir und kann nur auf das antworten, was mir gerade einfällt. Ich weiß, daß vieles auch bei Euch nicht gut ist und die Arbeitslosigkeit ein großes Problem ist, aber keiner, dem das System im Westen (oder in der BRD) nicht gefällt, muß dort leben. Jeder kann frei entscheiden, wo er seine Zelte aufschlagen möchte. Und wie es aussieht, bleiben die meisten, weil sie die Freizügigkeit nicht aufgeben möchten. Vielleicht bin ich jetzt ungerecht, aber es ist kein Punkt des Diskutierens mehr für viele, die hierbleiben wollen oder müssen. Wem es im Westen schlecht geht, der möchte bitte in die DDR kommen und dann entscheiden, was schlimmer ist. Ich glaube nicht, daß wir viel Gutes zu erwarten haben. Wenn es keine Reformen gibt, wird es auch mit unserer Wirtschaft immer mehr bergab gehen. Ich weiß, wie es in Polen aussieht, – und dahin könnten wir auch noch kommen. Jede Opposition wird gleich als staatsfeindlich angesehen, und in der Zeitung stehen nur Erfolgsmeldungen, und das wird immer schlimmer. Wenn Du Dir ein Bild machen willst, brauchst Du nur die Aktuelle Kamera oder Karl Eduard• anzuhören, dann weißt Du, wie „gut“ wir sind.

Ja, ich bedaure sehr, daß es immer nur so ein kurzer Gedankenaustausch sein kann. Ein Gespräch wäre mir auch lieber. Bitte schreibe bald wieder. Hoffentlich hast Du aus Deinem schönen Urlaub genug Kraft für Deinen täglichen Hauskram bekommen. Ich weiß, daß Dir die Hausarbeit auch keinen Spaß gemacht hat (mir auch nicht, aber man muß da durch, und hier kommt die Qual des Einkaufens noch dazu). Hoffentlich kannst Du das lesen, ich habe es in großer Eile geschrieben. Bitte schreib bald wieder. Ich freue mich immer sehr über Deine Post.

Viele liebe Grüße für Dich und Deine Familie von Deiner
Anita und Waldi

• Karl-Eduard von Schnitzler (1918–2001) Als Chefkommentator des DDR-Fernsehens sowie Autor und Moderator der politisch-agitatorischen Fernsehsendung „Der schwarze Kanal“ war er unter der Bevölkerung der DDR der umstrittenste Journalist.

25.9.1989

5000-8000 Menschen fordern nach dem Friedensgebet in der Leipziger Nikolaikirche die Zulassung des „Neuen Forums".

•

1.10.1989

7000 DDR-Bürger reisen in Sonderzügen von Prag über Dresden nach der BRD aus.

•

2.10.1989

Die Prager BRD-Botschaft ist wieder überfüllt.

•

3.10.1989

Der visafreie Reiseverkehr von der DDR in die CSSR wird ausgesetzt.

4.10.1989

100000 DDR-Bürger reisen in Sonderzügen von Prag über Dresden nach der BRD aus. Der Dresdner Bahnhof wird von Ausreisewilligen belagert. Die Polizei geht mit Gewalt gegen die Demonstranten vor.

•

7.10.1989

40 Jahrestag der Gründung der DDR.
In Schwante bei Berlin wird die Sozialdemokratische Partei (SDP) gegründet.
Demonstrationen in Berlin, Leipzig, Dresden, Plauen, Jena, Potsdam werden gewaltsam aufgelöst. Über 1000 Festnahmen.

•

9.10.1989

70000 Menschen ziehen durch die Leipziger Innenstadt. Zum Einsatz von Armeeeinheiten und Kampfgruppen kommt es nicht. Kurt Masur und andere Leipziger Persönlichkeiten verfassen in letzter Minute einen Aufruf zum Dialog.

10.10.1989

In Dresden, wo der Oberbürgermeister Berghofer einen Dialog mit Demonstranten führt, werden 500 inhaftierte Demonstranten freigelassen.

Berlin, 11. Oktober 1989

Während Dein Brief unterwegs war, wurde hier die Lage immer komplizierter, und genau am 9.10., als ich ihn erhielt, war ich in ganz trostloser Verfassung. Die Krise ist nun zwar nicht überwunden – das wird längerer harter Arbeit bedürfen –, aber mir scheint, der Gefahrenpunkt ist erst einmal überwunden.

Glücklicherweise kam es bei den Massenprotesten am 7. und 8. nicht, wie vor einiger Zeit in China• und wieder und wieder im Süden der UdSSR, zu Tumulten mit Totschlag und Zerstörungen. Schließlich waren „alle Mann auf Deck", die Polizei, die Kampfgruppen, die GST•• und die Staatssicherheit. Sie waren Manns genug, die wenigen wirklichen Randalierer sofort in die „grüne Minna" zu bugsieren, ehe ihr lästerliches Beispiel die Labilen und Suggestierbaren in ihrer unmittelbaren Umgebung anzustecken vermochte – solche Art von Ansteckung greift ja (siehe Fußballfelder und Rock-Konzerte) mit Windeseile um sich. Diese relativ wenigen Verhaftungen gleich am Anfang der längst noch nicht abgeschlossenen Aktionen haben bewirkt, daß sich am Montag Randalierer gar nicht erst bemerkbar zu machen wagten. Das ist wahrscheinlich all jenen, die ganz andere und höchst ernsthafte Anliegen haben, nur recht. Aber wie es weitergeht, vermag ich mir nicht vorzustellen, nur wie es weitergehen MÜSSTE. Da bin ich durchaus der Meinung von Christa Wolf und Kant•••. Wir werden sehen ...

Anknüpfend an Deine bitteren Worte über die Konsumgier und politische Indolenz der bundesdeutschen Jugend möchte ich doch der Hoffnung Ausdruck geben, daß wenigstens ein kleiner Prozentsatz menschlicher (kultivierter) denkt und handelt. Sonst ginge es Deiner Bettina ja gar zu schlecht (von der allgemeinen Zukunft ganz zu schweigen). Wie geht es der jungen Dame überhaupt; wie weit sind die beruflichen

• Massaker am 4.6.1989 in Peking auf dem Tian'anmen-Platz (Platz des himmlischen Friedens). •• GST: Gesellschaft für Sport und Technik, vormilitärische Massenorganisation der DDR ••• Hermann Kant (1926–2016) Schriftsteller, 1976-1990 Präsident des Schriftstellerverbands der DDR.

Pläne und Möglichkeiten gediehen? Nun, Du kannst ja gelegentlich darüber berichten. Es ist natürlich wirklich schade, daß wir auf schriftlichen Meinungsaustausch beschränkt sind, weil im normalen Gespräch ja doch noch mehr abgehandelt werden kann. Aber Briefe sind besser als gar nichts, nicht wahr?

Sei ganz herzlich gegrüßt von Deiner alten Gertraud

11.10.1989

Krisensitzung des Politbüros der SED. Die am Abend veröffentlichte Erklärung enthält keine Hinweise auf durchgreifende Veränderungen.

•

12.10.1989

Treffen von Ost-Berlins Oberbürgermeister Erhard Krack mit Persönlichkeiten der Evangelischen Landeskirche Berlin-Brandenburg, u. a. Konsistorialrat Manfred Stolpe, zur Frage, wie die DDR als Hort sozialer Sicherheit mit breitem gesellschaftlichen Engagement künftig weiter gestaltet werden soll.

Mit Beginn der Herbstferien erhöht sich die Zahl der DDR-Flüchtlinge, die von Ungarn über Österreich in die BRD kommen. Am Wochenende 14./15.10. ca. 3000.

Berlin, 12. Oktober 1989

Heute erhielt ich mit großen Erwartungen Deinen Brief vom 3.10. und danke Dir sehr. Ich bin fast zu nichts zu gebrauchen. Als ich die Zeilen las über Deine psychische Verfassung, mußte ich gleichfalls heulen. Ich schäme mich maßlos für diese würdelosen einstigen DDR-Bürger!!!

Meine Nachfolgerin traf ich heute in Lichtenberg in der Kaufhalle, und sie berichtete von ihrer Tochter, die inzwischen mit Mann und zwei Kindern in Ungarn lebt. Die DDRler benähmen sich dort widerlich unwürdig. Sie ließen sogar die eigenen Kinder zurück, die inzwischen in ungarischen Kinderheimen untergebracht wurden. Gestern tröstete mich im Fernsehen erst das Interview mit Stefan Hermlin, den ich sehr verehre. Auch Christa Wolf, die mir nicht so liegt, fand die passenden Worte.

Vor dem 6. Oktober mußte ich mich schon mal ausheulen, und am 7. regnete es mir in der wunderschönen Freiluftgaststätte ins Essen. Da konnte ich mir etwas ersparen. Es war sehr kalt und die Stimmung gedrückt. Aber das Virus scheint an Wirkung zu verlieren. Für heute nur so viel.

Viele liebe Grüße von Deiner Alice

Glauchau, 15. Oktober 1989

Du hast mir einen so schönen Brief geschrieben – dafür danke ich ganz lieb.

Mein Herz ist zurzeit so schwer – die inneren Wirbelstürme im Land und der scharfe Wind von West werfen mich fast um. Nach außen wirke ich noch ruhig, aber zum Schreiben fehlt mir einfach die Kraft und die Konzentration. Als die Züge von Ost nach West fuhren, beladen mit kostbarem „Saatgut, das nicht vermahlen werden darf", bin ich wund gerieben worden. Hoffentlich trägt es in Eurer Erde Frucht. Hier gibt es noch viele gute Kräfte, hoffentlich werden sie schnell freigesetzt. Leider haben wir eine große Angriffsfläche geboten, auf die nun brutal (wie sollt es anders sein) stärkster Druck ausgeübt wird. Ich bleibe meiner Idee treu!

In herzlicher Verbundenheit Deine Ingrid

Berlin, 15. Oktober 1989

Vorgestern kam Dein lieber Brief. Da ich mich immer sehr über Deine Post freue und Du mir das Gleiche bestätigt hast, will ich Dich auch nicht lange warten lassen. Ich nutze eine kleine Pause zwischen Mittagessen und Kaffeetrinken.

Unsere Reise in die CSSR war sehr schön. Wir wohnten in einem ganz kleinen Hotel in einem ganz kleinen Ort, wo sich die Füchse Gute Nacht sagen, aber das war für uns wie geschaffen. Eine vorzügliche Küche und vor allem, für uns DDR-Bürger kaum noch Bekanntes, eine vorzügliche Bedienung. Da Walter kaum laufen kann, sind wir jeden Tag mit dem Auto herumgefahren und haben uns die schönsten Gegenden im Böhmer Wald angesehen. Leider sind alle kleinen Städte zumindest genauso verkommen wie in der DDR. Das ist wirklich ein Jammer. Am Sonntag kamen wir völlig unbehelligt über die Grenze, und zwei Tage später war alles dicht. Wir konnten in Babylon, das an der bayerischen Grenze liegt, Westfernsehen empfangen, so daß uns unser Kummer auch hier einholte. Was sich hier jetzt abspielt, kann man gar nicht so in Worte fassen, denn die Ereignisse zum 7. Oktober haben gezeigt, daß man mit brutaler Gewalt gegen Andersdenkende vorgeht. Viele von uns sind aufs Äußerste beunruhigt, denn niemand hatte das für möglich gehalten. Anstatt sich in unseren Medien mit der Massenflucht – anders kann man das nicht mehr bezeichnen – auseinanderzusetzen, den jungen Menschen, die sich zum Bleiben entschließen, die Möglichkeit zum Mitreden und -denken zu geben, gibt es nur Bla-bla, auch die Stellungnahme des Politbüros gibt für meine Begriffe nichts Konkretes her. Es ist aber noch viel mehr passiert als die brutalen Prügelszenen. Das kann und will ich Dir nicht schreiben, weil Du es mir doch nicht glauben würdest. Mir war tagelang schlecht. Roswitha war auch unter den Inhaftierten. Helmtraut wohnt in der Stargarder Straße und konnte vom Fenster aus alles beobachten. Es soll ganz schrecklich gewesen sein. Ich bin froh, daß wenigstens dieser kleine Video-Film existiert, damit man nicht abstreiten kann, was passiert ist. Diese Bilder sind um die Welt gegangen. Maureens Mutter• hat ganz besorgt aus Brasilien angerufen. Solche Szenen sind sicher in ihrem Gedächtnis eingebrannt. Ich weiß nicht, ob es nicht schon zu spät ist, hier etwas zu verändern. Viele Menschen haben Angst, Angst vor den Zuständen wie in Chile•• oder China.

Ich danke Dir für den Artikel von Christa Wolf•••, er wurde bei uns nicht veröffentlicht. Viele Künstler haben eine klare Position bezogen, aber, wenn unsere Obrigkeit meint, wir hätten alle Gremien und Möglichkeiten, uns zu artikulieren, was soll man da noch erwarten. Heide hat mir heute einen Artikel von Hermann Kant zu lesen gegeben. Leider ist er geliehen, sonst hätte ich ihn Dir geschickt. Er wurde als offener Brief in der „Jungen Welt"•••• abgedruckt. Dieser Artikel hat mich sehr bewegt, denn Kant gehörte ja immer zu den „Gläubigen". Er schreibt am Schluß seines Artikels, gefragt nach dem Besten an der DDR: „Daß es sie gibt, sage ich. Fragte man mich nach dem Schlechtesten an ihr, müßte ich wohl sagen: daß es sie so wie derzeit gibt."

Was soll nur werden, wenn immer mehr junge Menschen das Land verlassen? – und ich glaube, viele tun es aus Panik. Erwachsene Menschen, auch wenn sie jung sind, wollen als mündige Bürger behandelt werden, wollen eine freie Meinung äußern dürfen und wollen auch entscheiden, wo sie hinfahren. Würde man daran arbeiten und endlich aufhören, die Augen vor den Tatsachen zu verschließen, würden bestimmt nicht mehr so viele weggehen. Der Reichtum im Westen, der ja sowieso nicht für alle da ist, ist nicht das Entscheidende. Aber auch hier gibt es viel zu tun, und das wiederum geht nur mit einer entsprechenden Motivation, die nicht da ist. Wir haben in

• Maureens jüdische Eltern waren nach Brasilien emigriert, wo Maureen auch geboren wurde. Der Vater kam mit den Kindern in die DDR zurück. Maureens Mutter hat deutschen Boden nie wieder betreten. •• Durch einen blutigen Militärputsch unter Führung von Augusto Pinochet in Chile kam es am 1.9.1973 zum Sturz der linksliberalen Regierung (Unidad Popular) unter Salvador Allende. ••• Christa Wolf: Überlegungen zum 1. September 1939. Reden in der Akademie der Künste, Westberlin •••• Junge Welt: Tageszeitung, von 1947–1990 Zentralorgan der Freien Deutschen Jugend (FDJ) der DDR.

diesem Jahr nicht einmal Pfirsiche oder Weintrauben bekommen. Auch wenn es gar nicht wichtig ist, man möchte nicht immer nur Äpfel essen. Was das Einkaufen für Leute, die täglich kochen müssen, so wie wir, bedeutet, brauche ich Dir bestimmt nicht zu erklären. Mir fehlt z. Zt. wieder einmal eine Bürste für meinen Staubsauger oder ich bin bereits viele Tage herumgelaufen, um mir für den Herbst ein Paar Schuhe zu kaufen ...und ...und ...und.

Aber wie gesagt, das ist alles nicht so schlimm wie andere Dinge. Übrigens ist Nadja auch weg, hat bereits in Westberlin eine Wohnung und ist ins 4. Studienjahr eingestiegen. Ihre Mutter macht einen sehr geknickten Eindruck.

Du fragst mich, wann meine Hamburger Tante Geburtstag hat. Ich weiß es nicht. Ich habe auch nicht mehr nachgefragt, ich finde das alles so entwürdigend. Warum kann ich Dich nicht einfach besuchen? Wem entstünde damit ein Schaden? Auf der Polizei wirst du sehr genau befragt, wie dein Verwandtschaftsverhältnis ist. Bei meinem Onkel ist das kein Problem, ich habe denselben Geburtsnamen. Er wird 84, und wenn er nicht mehr da ist, kann ich gar nicht mehr in den Westen fahren. Denn mein Cousin in Lörrach ist ja der Cousin meiner Mutter und zählt nicht zu dem Verwandtschaftsgrad, der zulässig ist. Daß man zu Freunden fahren kann, halte ich für ein Gerücht. Ich würde Dich sehr gern besuchen. Mein Onkel hat am 3. August Geburtstag, zu der Zeit kann ich 8 Tage beantragen, und ich werde ihn bitten, daß er mir eine Flugkarte bezahlt. Wenn er damit einverstanden ist, würde ich von Westberlin fliegen. Diese Möglichkeit wäre mir jedenfalls viel lieber, als auf der Polizei aus meiner „Tante“ eine uneheliche Schwester meines Vaters zu machen, das wäre in etwa der Verwandtschaftsgrad, der sich nicht nachweisen läßt.

Dein Brief war übrigens geöffnet worden. Ich schicke meinen diesmal mit dem Absender meiner Mutter ab. Schicke Deine Antwort bitte auch dahin. Es gefällt mir nicht, wenn fremde Menschen meine Post lesen, aus welchen Gründen auch immer.

Nun habe ich Dir einen langen Brief geschrieben und warte wieder ganz ungeduldig auf Deine Antwort, denn Du bist auch mein liebster Brief-Gesprächspartner. Was Du über die netten Leute, die sich für so wenig interessieren, geschrieben hast, kann ich, erlebt bei meinen Westreisen, nur voll bestätigen. Aber ich glaube, es liegt auch daran, daß sie Probleme, wie wir sie haben, nicht kennen. Und wenn man in der BRD ein gutes Auskommen hat, vergißt man sicher ganz schnell, daß es nicht überall so ist.

Was macht Dein Töchterchen. Bitte schreibe auch von ihr wieder etwas.

Es grüßt Dich und Deine Familie ganz herzlich
Deine Anita

16.10.1989

Zum ersten Mal berichten die DDR-Medien über die Leipziger Montagsdemonstrationen: „Nach Friedensgebeten in fünf Leipziger Kirchen trafen sich am Montag Zehntausende Bürger zu einer Demonstration. Der Zurückhaltung der Sicherheits- und Ordnungskräfte sowie der Demonstranten ist es zu danken, daß es zu keinen Ausschreitungen kam."

•

18.10.1989

Rücktritt von Erich Honecker, Joachim Hermann und Günter Mittag. Egon Krenz wird neuer Generalsekretär der SED.

•

24.10.1989

Egon Krenz wird Staatsratsvorsitzender. In Ost-Berlin sitzen erstmals Vertreter von Opposition und SED an einem Tisch.

Berlin, 29. Oktober 1989

Auf zwei wunderschöne Ansichten von Dänemark folgte Dein interessanter Brief mit der Christa-Wolf-Einlage. Hab herzlichen Dank für diesen immer frischen Kontakt!

Wir sind, wie Du Dir denken kannst, so von den geradezu aufregenden Geschehnissen in der kleinen DDR gepackt, daß uns zeitweise die Welt aus dem Blick gerät, aber auch der Alltag total von politischer Debatte beherrscht ist: er beginnt mit der frisch gelieferten Tageszeitung. Ich werde Dir mal einige als Drucksache schicken – wer hätte gedacht, wie schnell die sich ändern! John und ich haben schon einige Zuschriften eingesandt. Und der Tag endet mit den letzten Fernsehsendungen zum Tagesgeschehen. Deine Sicht der Ausreisewelle trifft sich mit unserer, und ich bin sicher, Du würdest jetzt hier von gleichem Aufbruchswillen erfüllt sein, der alle „positiv Unzufriedenen“ vergangener Jahre und Jahrzehnte und auch viele, die in Resignation verstummt waren, neu belebt. Ich bin natürlich glücklich, der Partei anzugehören•, die sich als erste – weit vor der offiziellen „Wende“ – zu Wort meldete. Die beigefügte Rede von Gerlach•• gehört zu den inzwischen schon „historischen“. Worauf es jetzt ankommt, ist unbeirrter Druck auf konkrete, tiefgreifende Veränderungen – durch all den neuen Wortschwall und die geschwenkten Fahnen um 180 Grad hindurch. Wir freuen uns über das erste Zeichen – grünes Licht für Reisen. Ich muß zugeben, daß – mit Ausnahme meiner bisherigen Englandchance – dergleichen Wünsche in mir völlig verdrängt waren. Umso ermunternder ist Deine „wäre-es-schön“-Aufforderung zu einem Besuch! Am eiligsten werde ich allerdings – sobald wie möglich – nach Westberlin streben, um all die ersehnten Bücher für meine Forschung zu lesen. Ich werde auch den Service nutzen, um Dir Kopien von interessanten Beiträgen aus unserer Presse zu senden.

Herzliche Grüße Sabine

• Liberal-demokratische Partei Deutschlands (LDPD) •• Manfred Gerlach, Vorsitzender der LDPD 1967–1990

2.11.1989

Rücktritt von Harry Tisch, Margot Honecker und verschiedenen SED-Bezirkschefs.

•

4.11.1989

Mindestens 500000 Menschen demonstrieren auf dem Ost-Berliner Alexanderplatz.

•

7.11.1989

Die Regierung der DDR tritt geschlossen zurück.

Berlin, 9. November 1989

Seit einiger Zeit bin ich Dir eine Antwort schuldig auf Deinen letzten Brief. Herzlichen Dank für Deine Anteilnahme! Auch mir war nicht anders zumute, und erst langsam können einem Worte von Stefan Heym und Christa Wolf• wieder aufrichten. Im Deutschen Theater war ich während der Berliner Festtage in der Aufführung des Warschauer jüdischen Theaters, und im Foyer konnten wir alle den öffentlichen Brief von Dieter Mann•• an die ehemaligen ersten zwei Politiker zur Kenntnis nehmen. Hut ab vor Dieter Mann und allen ihm angeschlossenen Künstlerkollegen!

Über Nacht also wurden wir in der DDR mündig, und einen positiven Beitrag dazu liefern die Intellektuellen, wir bisher als 2. Garnitur im Arbeiter- und Bauernstaat behandelt, eine Schicht in der Klassengesellschaft, die immer hinter den Arbeitern und Bauern rangierte. Aber die uns oft vorgezogenen Arbeiter und Bauern verlassen freiwillig ihr Paradies, pfeifen auf ihre Privilegien, geblendet vom Glanz und Flitter des Kapitalismus. Wer ist hier geistig reifer? Noch immer fehlen mir die Worte. Ich bin sprachlos, meine ferneren und näheren Bekannten ebenfalls. Bei ferneren wage ich nicht anzufragen, weil ich Angst habe, sie könnten nicht mehr da sein. Mich macht diese Massenflucht krank! Und ich werde echt krank werden, wenn dieses Spektakel des „Freiheitsdranges“ nicht bald aufhört. Nun ist wohl genug Dampf abgelassen!

Heute übermittle ich Dir eine große Sendung. Du brauchst für Deine Arbeit neueste Defa- und Fernsehfilme. Aber vielleicht ist die Retrospektive eines halben Jahres auch nicht uninteressant. Laß Dir echt Zeit damit. Ich wäre traurig, wenn mein Sammelergebnis pauschal vorab als Altpapier behandelt würde.

• Gemeint sind die Ansprachen von Stephan Heym und Christa Wolf am 4.11.1989 auf dem Ostberliner Alexanderplatz. •• Dieter Mann (1941–2022) Schauspieler, Intendant des Deutschen Theaters Ostberlin 1984–1991

Die Farbe Grün••• soll Dich optimistisch stimmen. Das Rad läßt sich nicht mehr zurückdrehen. Es geht nur noch vorwärts.

Bis zum nächsten Mal. Alles Liebe und Gute an Dich und die Deinen von Deiner Alice

••• Die Farbe Grün bezieht sich auf das verwendete lindgrüne Briefpapier

9.11.1989

Um 19.07 Uhr gibt Günter Schabowski auf der ZK-Pressekonferenz bekannt: Ab sofort erhalten alle DDR-Bürger ein Visum.

Noch am selben Abend erzwingen Tausende Berliner die Öffnung der Grenzübergangsstellen und passieren ohne Kontrolle und Visum den Westteil der Stadt.

•

10.11.1989

In Bulgarien tritt Staats- und Parteichef Schiwkow zurück.

Frankfurt (Oder), 10. Nov. 1989

Mauer offen 9. Nov. 1989–1918!
Meine Ingrid, meine Ingrun, was für Wochen, Tage, Stunden, bei Tag und Nacht! 13. August 1961–9. November 1989! 28 Jahre und ein Vierteljahr. Mechthild meinte am 13. August 1961: „Ein Vierteljahr, dann fällt die Mauer wieder." Weißt Du noch? Wieviel Tränen damals und heute – nicht nur heute, all die Tage und Wochen, schon in HH und HB überwältigte es mich. Ich bin so erschüttert, diesmal positiv, es würgt mich, ich möchte schreien. Tu' es natürlich nicht. Klaus• kam nach Rathaussitzung für ca. 2, 3 Stunden.

Habe eben vom Schöneberger Rathaus gehört: Momper, Brandt, Kohl. Essen, Kochen? Ganz nebensächlich. Zwischendurch rundes Knäckebrot, gleich trocken, keine Zeit zum Schmieren. Letzte Nacht wachte ich auf, höre ganz leise etwas aus der Nachbarwohnung, schalte das Fernsehen ein: „Berlin besucht Berlin!" War völlig überrascht und blieb natürlich bis zum Schluß dabei. Ich komme nicht mehr mit. Sehe gerade Grenzkontrolle Helmstedt. Horst und Lieselotte werden wohl per Auto nach Vegesack reisen zum Geburtstag. Sven will sich den Ku-damm angucken für einen Tag. Seit 18.00 Uhr Grenze offen an der Glienicker Brücke. Daß ich das alles noch erleben kann!! Ich möchte es noch ein Weilchen weiter mitverfolgen dürfen. Mögen Unsere den rechten Weg finden!

Ingrun, Dir Dank für Deinen Brief vom 4. Nov. – kam heute am 10. Schluß, ich muß weiterhören, weitersehen.

Bitte, Ingrid••, schicke den Brief [↘a] schnell weiter an Ingrun. Oder rufe vorweg an. Ich schrieb an Dich, weil wir den 13. August gemeinsam verlebten.

Grüße, ganz liebe! An Dich, Ingrun und Eure sechs Anhängsel
Eure Mutter
Entschuldigung, es geht etwas arg durcheinander bei mir.

• Mein Bruder Klaus war damals Stadtverordneter in Frankfurt an der Oder. •• Meine Schwester Ingrid war seit 1959 verlobt mit einem in Westberlin studierenden Inder und am 13.8.61 in Panik geraten. Sie durfte – inzwischen verheiratet und Mutter einer Tochter – Anfang 1964 aus der DDR ausreisen.

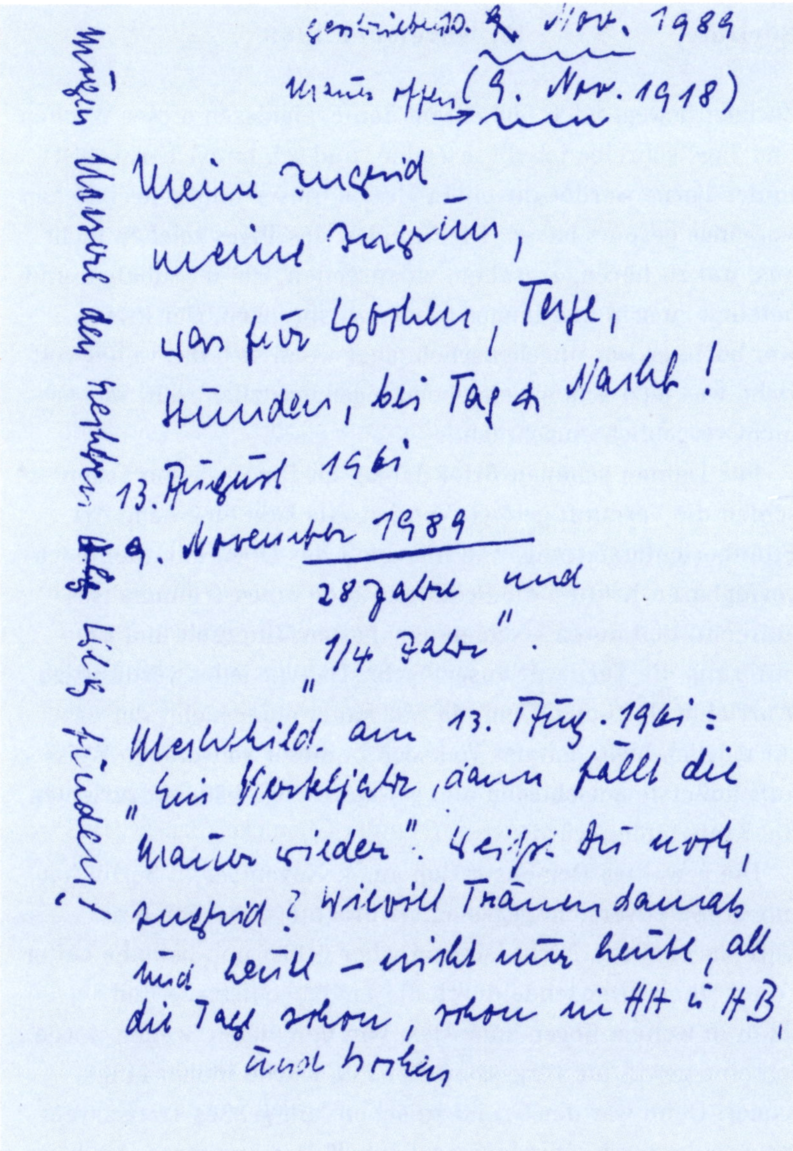
geschrieben 10. Nov. 1989

Mauer offen → (9. Nov. 1918)

Meine Jugend

meine Jugend,

was für Wochen, Tage,

Stunden, bei Tag u. Nacht!

13. August 1961

9. November 1989

28 Jahre und

1/4 Jahr".

Mechthild am 13. Aug. 1961:

„Ein Vierteljahr, dann fällt die

Mauer wieder". Weißt Du noch,

Jugend? Wieviel Tränen damals

und heute – nicht nur heute, all

die Tage schon, schon in HH u. HB,

und vorher

Wegen Mauer den rechten Bild finden!

[↘a] Brief meiner Mutter vom 10.11.1989 an meine in Bremen lebende Schwester und mich gerichtet

Berlin, 12. November 1989

Zutiefst bewegt noch immer von den Ereignissen dieser Wochen und Tage schreibe ich diese Zeilen, und ich bin sicher, selbst in der Ferne werdet Ihr einen Hauch dieser unbeschreiblichen Vorgänge gespürt haben. Die Stunden des Tages reichen nicht aus, um zu hören, zu sehen, zu sprechen, um teilzuhaben und beteiligt zu sein und immer wieder zu sprechen. Der Preis war hoch, er war ungeheuerlich, aber wenn sich das weiter vollzieht, was jetzt schon weitgehend eigengesetzlich rollt, war er nicht vergeblich eingebracht.

Für Deinen schönen Brief danke ich Dir. In jenen Tagen schien die Vernunft getötet. Von jenseits kam eine neue Art Frontberichterstattung, und hier hielt das Oben mit allen noch verfügbaren Kräften die Schattenwände eines Traumhauses aufrecht, und unten – schien es – hatten Bitterkeit und Erbitterung die Vernunft ausgelöscht. Da war jedes vernünftige Wort eine Hoffnung. Denn da war kaum einer mehr, der es für möglich hielt, daß das Volk sich in dieser souveränen Weise – aufs äußerste entschieden und gewaltlos zugleich – aufzurichten die Kraft finden würde.

Die gewaltige Demonstration am 4. November in Berlin hat mir große Zuversicht gegeben, sie brachte sicherlich eine Vorentscheidung. Nicht lachend, aber gelöst und beinahe heiter zogen Hunderttausende durch die Liebknechtstraße und dann in weitem Bogen zum Alex. Von den vielen Szenen werde ich eine gewiß nie vergessen: Der Zug wurde immer langsamer. Dann war der Grund zu sehen: ein großes Transparent am Straßenrand. „Wir fordern Rache!“ Der Zug stand. Und aus dem Rauschen stieg, ganz leise erst, ein immer mächtigerer rhythmischer Ruf: Keine Gewalt! Keine Gewalt! – und ohne daß eine einzige Hand sich hob, nur der tausendfache Ruf ließ das Transparent zusammenfallen und es bald von den Füßen derer, die am Straßenrand standen, zertreten. Kein Stoß, kein Schlag, nur das Wort, das langsam verebbte und einem neuen

Ruf Raum gab, der tausendfach und tausendfach aufgenommen und zurückgeworfen, immer höher und höher stieg und zugleich unbeschreiblich unter die Haut strömte: Wir sind das Volk! Wir – sind – das – Volk! Und langsam setzte sich der Zug in Bewegung.

Obwohl erst Tage her, scheinen schon Jahre vergangen. Wenngleich das Alte noch lebt und ums Überleben kämpft, wenngleich keiner weiß wie das Morgen sich gestalten wird – eines ist gewiß: Nie wieder wird es so werden können, wie es war.

Wenn wir, das Volk, die Erfahrungen dieser Wochen nicht vergessen, kann das Schlimmste nicht mehr geschehen. – Aber Du brauchst kaum Phantasie, um Dir vorstellen zu können, wie schwer es für viele ist (aus ganz unterschiedlichen Gründen, Erfahrungen, Haltungen), diese Ereignisse zu verarbeiten; bei weitem nicht jeder sieht in ihnen eine positive Entwicklung oder erkennt gar die historische Notwendigkeit. Doch die Gefahr der Schaffung eines „himmlischen Friedens" scheint endgültig vorüber, die große Sorge, die uns schwer belastete, daß Gewalt eskalieren könnte, ist gewichen.

Nach der Öffnung der Medien hat die Öffnung der Mauer eine neue große Hoffnung gebracht. Freilich wachsen neue Besorgnisse. Nicht so sehr – zum Beispiel – weil die Republikaner die ersten waren, die heute Morgen am neuen Grenzübergang Potsdamer Platz politische Handzettel verteilten, denn für sie ist im Augenblick kein günstiger Boden, nein, es sind weniger politische, es sind wirtschaftliche Probleme, die gelöst werden müssen, wenn das Chaos ausbleiben soll. Als wir heute durch einige Straßen Westberlins gingen (es war beruhigend zu sehen, daß manche Straßen in Kreuzberg – uns gleich gegenüber – nicht anders aussehen als Straßen in Prenzlauer Berg) klebte hinter vielen Schaufenstern in der Innenstadt der Hinweis, daß auch „Ostmark" – 10:1 – angenommen wird. Was daraus erwachsen könnte, wenn beide Seiten hierfür nicht schnell Lösungen finden, dies wird jetzt zur Hauptsorge fast aller, mit denen man spricht.

Und dennoch: Es ist schön, das ganz Unerhörte, das jetzt geschieht, mittendrin miterleben zu können.

Deinen Erstling – oder einen Deiner Erstlinge•, wie schön, daß Du daran gedacht hast, mir einen Abzug zu schicken – habe ich gelesen, doch ich gestehe: flüchtig. Wenn die Zeiten ruhiger geworden sind, werde ich ihn wieder zur Hand nehmen, er liegt obenauf und ich sehe ihn jeden Tag, wenn ich hier sitze.

Alles Gute für Dich.
Herzlich Heinz

• Artikel für das CineGraph-Lexikon zum deutschsprachigen Film, text+kritik München

Berlin, 15. November 1989

In schwerer Zeit kam Dein Brief, der uns viel Wärme brachte, an. Dafür danke ich Dir ganz herzlich. Eine ganze Weile schon trage ich einen Brief in meinem Kopf an Dich herum. Daß ich ihn noch nicht schrieb, hat vielerlei Gründe – auch den: Dein durch Anita angekündigter Besuch. Anita weiß aber den Termin Deines Berlin-Aufenthaltes nicht. Weißt Du, wie ich mich darauf freue? Ob wir dann in dieser kurzen Zeit die richtigen Worte finden werden? In den vergangenen Wochen hätte ich Dich gern in der Nähe gehabt.

Von außen hast Du ja die Zeit miterlebt, die mir persönlich wie ein Sturzbach vorkommt (als Kind habe ich im Erzgebirge oft ein Wildwasser beobachtet, das dann noch zusätzlich über Stufen geführt wurde. Das über die Stufen geleitete Wasser vollführte schaurige Tänze.) Nun ist es die Verkehrung – ich bin ein Wassertropfen in diesem Strudel und Du bist der Beobachter. Wie das so ist, einzelne Tropfen werden zur Seite geschleudert, vertrocknen am Rande des Gewässers. Man merkt es gar nicht, daß da etwas fehlt, wenn der Fluß dann wieder sittsam in seinem Bett dahinfließt. Nach außen gebe ich mich noch ruhig, aber in mir geht es durcheinander. Ich weiß nicht, ob ich wieder ins Flußbett gelange. Ich kann und kann es nicht fassen, daß ich Verbrechern vertraut habe. Du weißt, ganz blind bin ich nicht durch das Leben gegangen, daß aber die Moral, das Gewissen – somit das politische, gesellschaftliche und natürlich das wirtschaftliche System so hoffnungslos verdorben sind, haben wohl die meisten Menschen nicht gewußt. Es offenbart sich immer mehr. Die Einzelheiten werden nun in nächster Zeit offengelegt werden müssen. Der Volksmund hat ein treffendes Wort geprägt: Wie der Herre, so es gescherre. Ich will damit sagen, daß die Korruption bis tief ins Volk hineingeht. Daran kannst Du Dich sicher erinnern. wenn wir über Bestechungsgelder sprachen. Da haben wir nicht mitgetan. Wir haben gewartet, bis wir das Gewünschte bekamen. Kannst Du Dich noch erinnern, wie ich der Kohlenfrau 20 Mark für die wochenlang angemahnten Kohlen gegeben habe und hinterher auf meinem Fahrrad Tränen vergossen habe wegen der Niedrigkeit. Und nun dieses! Auch schäme ich mich für dieses Land. Der Grat ist so hauchdünn, auf dem wir balancieren. Nun kommt noch die Angst dazu, daß das Land aufgefressen wird. Der Ansatz für das neue Land war so gut! Ich möchte auch meine Kräfte verwenden, daß noch einmal der Versuch gemacht wird, dieses Land zu retten. Eigentlich dürfte dieser Brief das Haus nicht verlassen, weil er so wirr ist.

Um meinen Mann bange ich auch. Er macht Schlimmes durch. Es ist abzusehen, er wendet sich nicht von seiner Weltanschauung ab. Aber ein Riß geht durch sein Herz. Nie wieder wird er so vertrauensvoll sein. Die letzten Wochen ist er alt geworden.

Wie wird es weitergehen? Die vielen Gruppen und Grüppchen, die sich nun melden – und jeder will Macht. Es werden besonnene Menschen vonnöten sein, die das Boot sicher führen können. Wohltuend ist, daß kluge Menschen sich jetzt äußern können und hoffentlich auch handeln.

Mit Anita bin ich dienstags zusammen. Sie ist sehr angespannt. Mit diesen Zeitproblemen setzt sie sich scharf auseinander und so sitzen wir manche Minute zusammen und sprechen uns aus.

Vielleicht habe ich meine seelischen Kräfte wieder etwas stabilisiert, wenn wir uns sehen. Ich freue mich von Herzen darauf. Am Wochenende werden wir bei meinen Eltern tapezieren.

Ich hoffe, daß Du glücklich bist, wenn Du nicht an Deine Heimat denkst.

Ich bin müde. Von Herzen grüße ich!
Deine Ingrid

18.11.1989

Die Volkskammer bestätigt in offener Abstimmung den neuen Ministerrat unter seinem Vorsitzenden Hans Modrow.

•

22.11.1989

Auf der Montagsdemonstration in Leipzig ertönt zum ersten Mal der Ruf nach Wiedervereinigung.

Berlin, 24. November 1989

Vielen Dank für Deine Zeilen und den bezaubernden Aquarellkalender, der zufällig zum exakten Termin eintraf. Die Geburtstagsfeier war natürlich kein „Fest", sondern von A bis Z ein Politisierabend, wie Du Dir denken kannst. Die kleine Runde von acht Personen war so froh, einmal mit anderen in Gedankenaustausch treten zu können, und da alle aus anderen Arbeits- und Erlebnisbereichen kamen, gab es natürlich auch Dinge zu hören, die nicht in der Zeitung stehen.

Ach, das waren schlimme Dinge, und ich habe große Angst vor den nächsten zwei bis drei Jahren. Es handelt sich ja nicht nur um die finanziellen Kalamitäten (1:20) jeder Art, sondern um so vieles andere: Auch hier gibt es Faschisten – und sie fangen an, sich mausig zu machen (und WIE!); man redet in Westeuropa von einer europäischen Bank – und ich rieche schon, daß die Dahinterstehenden sich so etwas vorstellen, wie den Internationalen Währungsfonds (der die Länder der 3. Welt nicht nur ihrer Naturschätze beraubt, sondern sie weiter und weiter in Schulden verstrickt und nun politischen Druck ausübt), die unsere Arbeitskraft auszubeuten gedenkt und ebenfalls Druck ausüben wird; der Winter steht vor der Tür, und das Verkehrswesen, das schon seit Jahren „auf dem letzten Loch pfeift", ist bis zum Zusammenbruch überlastet durch den überdimensionalen Reiseverkehr, so daß jetzt schon täglich 45 Güterzüge (ND, 23.11.89: „Täglich bleiben 100 000 Tonnen Güter auf der Strecke...") nicht an Ort und Stelle kommen usw. usf.

Mit meiner schrecklichen Furcht, wir wachen eines Morgens auf und leben wieder im Kapitalismus, stand ich zwar völlig allein in der Runde, aber die anderen konnten meiner Furcht nichts Handfestes, sondern bloß ihre Hoffnungen entgegensetzen.

Ich will Dir nichts vorjammern, aber Du weißt ja selbst, daß Gorbatschow vor mehreren Jahren antrat und daß sich jetzt

von Tag zu Tag ganz andere Schwierigkeiten in der UdSSR mehren. Auch bei uns kommt das Allerdickste noch, das redet mir keiner aus. Und so einig, wie es den Anschein hat, sind sich die fünf Parteien durchaus nicht. Es ist gut, daß es sie gibt (so entsteht ein „Wettbewerb“, der vorwärtstreibend wirkt), aber wenn der NDPD-Vorsitzende jetzt schon in der Volkskammer von „Gedanken an Konföderation“ redet, ohne daß EINER auch nur „hört, hört!“ dazwischenruft, ist das alarmierend. –
Übrigens: viele Journalisten sind jetzt recht munter, aber etliche tun sich immer noch recht schwer.

An Kunst ist jetzt bei mir nicht zu denken!! Die innere Ruhe fehlt – auch liege ich oft schlaflos!

Ganz herzliche Grüße
Deine Gertraud

24.11.1989

Alexander Dubcek spricht vor mehr als 300000 Demonstranten in Prag. Es ist die größte Demonstration in Prag seit 1968. Wenige Stunden später treten Milos Jakes und das Politbüro zurück.

Berlin, 27. November 1989

Welch ein Pech! Anita hatte mir Deinen Besuch angekündigt – sie wußte den Termin nicht mehr. Ich hoffte, daß der Besuch nicht in meiner Abwesenheit stattfindet. Von meiner Mutter bekam ich in Glauchau Dein wunderschönes Geburtstagsbuch überreicht und zugleich erfuhr ich die Termine Deines Berlinaufenthaltes. Von da an war ich unruhig. Wir sind erst Anfang vergangener Woche zurückgekommen. Ich war sehr traurig, daß wir uns nicht gesehen haben. Nun müssen wir versuchen, auf diese Art unseren Gedankenaustausch fortzusetzen.

Vor mir liegt aufgeschlagen „Chagall", Es tut mir gut, die Bilder zu betrachten. Nach der ständigen Zeitungslektüre, mit so viel häßlichen Dingen angereichert, tut die Flucht ins Schöne, Gute, in die Poesie und auch noch ins ländliche Rußland meiner wunden Seele gut.

Eine weitere Wunde wurde durch das Wissen um Walter Janka• (und viele andere noch?) hinzugefügt. Meine Familie und ich haben die Lesung mit Ulrich Mühe•• im Rundfunk gehört. Es ist furchtbar für uns. Ich bin froh, das Gehörte noch einmal nachlesen zu können. Hab vielen Dank für alles, liebe Ingrun,

In der Dienststelle ist Anita mein einziger Gesprächspartner. Seit dem Sommer sitze ich in der 1. Etage fast immer allein, weil die beiden jungen Frauen viel am Computer arbeiten. Natürlich rede ich mal mit den Kolleginnen, aber mit Anita eben intimer. Vor allem kommt Anita mit den vielen Kümmernissen zu mir. Walter ist sehr krank. Das weiß Anita, doch verdrängt sie es und widmet sich mit Wucht den schlimmen politischen Ereignissen. Unsere Diskussionen waren in den vergangenen Wochen sehr erhitzt darüber, vor allem darüber, daß man selbst nicht in Haß verfallen darf. Da wird es mit einem noch schlimmer. Wenn ich morgen mit Anita

• Walter Janka (1914–1994) Dramaturg und Verleger, Anfang der 1950er Jahre Leiter des Ostberliner Aufbau Verlags, 1956 unter Anklage einer konterrevolutionären Verschwörung verhaftet und zu 5 Jahren Zuchthaus verurteilt, 1960 nach internationalen Protesten vorzeitig entlassen. •• Lesung aus Walter Janka: Schwierigkeiten mit der Wahrheit. Hamburg: Rowohlt 1989.

zusammentreffe, will ich auch auf sie einwirken, daß ihr Haß nicht ausufert. Für ihre geängstigte Seele ist das schlimm. [↘b]

Unsere wirtschaftliche Lage gibt der Bundesregierung den Mut zu hoffen, daß wir bald von ihr regiert werden. Übrigens, hier hoffen sehr viele darauf. Ein wenig Hoffnung regt sich in meinem Herzen, wir könnten es doch noch einmal versuchen und es vor allem schaffen, das Programm, mit dem die Gesellschaft einst angetreten ist, zu verwirklichen. Den Mut dazu entnehme ich den vielen Stimmen und Gedanken, die man täglich hört und liest, die mit konkreten Programmen für den Sozialismus eintreten. Aber all das in die Tat umzusetzen, ist wohl die ganz große Schwierigkeit. Vor allem muß das Volk als Ganzes dazu bereit sein. Vorläufig geht es erst einmal auf Reisen. Es schmerzt mich zu sehen, wie das ist, wenn lang Eingesperrte herausgelassen werden.

Alles in allem ist das, was ich schreibe sehr naiv. Es sind meine Gedanken, die mir während des Schreibens kommen. Im Moment habe ich noch andere Ängste. Mahlsdorf ist seit voriger Woche vereist. Zum Schneefegen und Streuen wird es wohl kaum noch jemanden geben.

Ich wünsche Dir eine gesegnete Adventszeit und grüße Dich auf das Innigste.

Deine Ingrid

Bitte grüße Deinen Mann freundlichst von mir und Eberhard. Wir danken ihm, daß er den weiten Weg nach Mahlsdorf mit Dir gemacht hat. Wir hoffen und wünschen sehr, daß dieser Ausflug nach hier nicht der letzte war. Ich bin so glücklich, daß wir Deine Post jetzt direkt empfangen können••• – so brauchen wir einen künftigen Termin nicht über Dritte zu vereinbaren.

Viele Grüße auch von Eberhard.

Gute Nacht!

••• Aufgrund der Anstellung des Ehepartners in einem Ministerium waren der Familie jegliche Kontakte ins westliche Ausland nicht gestattet gewesen.

Berlin, den 27. 11. 1989

Liebe Ingrun!

Welch ein Pech!

Anita hatte mir Deinen Besuch angekündigt – sie wußte den Termin nicht mehr. Ich hoffte sehr, daß der Besuch nicht in meiner Abwesenheit stattfindet. Von meiner Mutter bekam ich Dein wunderschönes Geburtstagsbuch in Glauchau überreicht und zugleich erfuhr ich die Termine Deines Berlinaufenthaltes. Von da an war ich unruhig. Wir sind erst Anfang vergangener Woche zurückgekommen. Am Mittwoch brachte mir Antje das Buch von Janka.

Liebe Ingrun, ich war sehr traurig, daß wir uns nicht gesehen haben. Nun müssen wir versuchen, auf diese Art unseren Gedankenaustausch fortzusetzen.

Antje sagte mir, daß sie Dich nicht sofort erkannt habe. Ich danke Dir sehr, daß Du gekommen bist. Ich habe mir Deine Freude vorgestellt – „und nun ist niemand zu Hause". Darüber war ich sehr traurig.

Vor mir liegt aufgeschlagen „Chagall". Es tut mir so gut, die Bilder zu betrachten. Nach der ständigen Zeitungslektüre, mit so viel häßlichen Dingen angereichert, tut die Flucht ins Schöne, Gute, in die Poesie und auch noch ins ländliche Rußland meiner wunden Seele gut.

[↘b] Brief von Ingrid vom 27.11.1989

Berlin, 27. November 1989

Ich stecke in Reisevorbereitungen. Bald hörst Du mehr von mir. 29.11.–6.12. abwesend.

Herzlichen Dank für Deinen Brief, der von Deiner Berlinreise erzählte. Am 20. war ich in Westberlin, Übergang Check-Point-Charlie. Nachts vorher hatte ich deutlich von Dir geträumt. Sicher durchforstest Du mein großes BZA-Paket•. Übersieh nicht, z. B. kann Christian mit Euch gemeinsam Weihnachten feiern. Auch Uniformierte dürfen rüber, können sich Begrüßungsgeld holen. Nächstes Jahr fällt es sowieso weg, evtl. auch kostenlose Beförderung mit öffentlichen Verkehrsmitteln.

Über 10Mio DDR-Besucher, das macht böses Blut bei den anderen. Und diese Fülle überall – diese vielen Einkaufsbeutel! Auf Schritt und Tritt behindern die DDR-Bürger.

Und die Polen regen sich auf, daß man ihnen nicht gestattet, 10 × Mandeln in den Korb zu packen.

Du hast es goldrichtig gemacht, zu Sabinen zu gehen. John ist DDR-Bürger, sagt, daß die DDR seine Heimat sei. Das heißt viel bei Engländern.

Mit gleicher Post geht ein Weihnachtspaket an Dich ab. Bitte erst am 24.12. öffnen. Mir wird die Zeit nach dem 6.12. knapp und auf der Post fehlen jetzt viele Leute. Stelle Dir vor: 150 Taxichauffeure weniger in Berlin. Das schlimmste Beispiel: 128 Kinder in der Hoppegartener Krippe nicht abgeholt worden (vor dem 9.11. noch). Darüber kann man aus Ohnmacht nur heulen oder die Eltern verdammen. Auch in Ungarn zurückgelassen, in der ČSSR.

Schade, daß Du nur als Zaungast unsere Zeit miterleben kannst. Es ist überwältigend! Doch man dreht schon durch. 2 × Berlin, dazu die Zeitungen, Fernsehen. Und was kommt nach der Euphorie? Katzenjammer, Teuerungen, Mieterhöhungen usw. usw.

Erst einmal Schluß.
Liebe Grüße Alice

• Ich bekam von meiner Freundin regelmäßig Artikel aus der BZ am Abend zugesandt.

1.12.1989

Streichung des Führungsanspruches der SED aus Paragraph 1 der Verfassung der DDR.

Drögerheide, 3. Dezember 1989

Meine liebe Mutter!

Heute nun, nach langer Zeit, wieder mein erster Brief an Dich – jetzt ist es möglich – warum nicht schon früher.• Egal! Wir haben wirklich eine bewegte Zeit, fast stündlich neue Meldungen über empörende Enthüllungen. Die ersten Haftbefehle gegen die verantwortlichen ehemaligen Spitzenfunktionäre wurden gestern erlassen.

Biermann und Co. singen seit fast 15 Jahren wieder hier. Schade, daß ich an der sich heute durch die DDR ziehende Menschenkette nicht teilnehmen kann. Nach der Versetzung in der vorigen Woche sitze ich hier nun wenige Kilometer von Eggesin entfernt auf Abruf (in die Volkswirtschaft). Untergebracht in einem Wohncontainer; vorstellen mußt Du Dir das wie ein Eisenbahnabteil (Schiebetür, zwei schmale gegenüberliegende Doppelstockpritschen – auf einer sitze ich jetzt im Schneidersitz, da es in dem Kabuff auch keinen Tisch und keinen Stuhl gibt). Es ist eine Übergangslösung, wie lange ist noch nicht raus. Unsere alte Truppe ist aufgelöst, und in einer Arbeitskompanie neu zusammengestellt. Für meine Gruppe war der Einsatz in Wernigerode geplant, da gibt es aber noch keine Unterkünfte, so warten wir also, und wenn bis zum 2. Januar dort noch immer keine Möglichkeit geschaffen wurde, sollen wir nach Berlin in das Werk für Fernsehelektronik. Das wäre natürlich ganz toll! Aber erst mal heißt es abwarten und Tee trinken. Der Einsatz geht bis Mitte April, dann geht es wieder hierher zurück, die Entlassung vorbereiten. Seit 1. Dezember kann ich nun auch mit Zivil in Urlaub und Ausgang, eine der ersten Reformen in der Armee.

Am vorigen Wochenende konnte ich kurzfristig einen Sonderurlaub nehmen (so was gab es früher auch nicht) und so an Omis•• Geburtstag bei ihr sein, worüber sie sich natürlich sehr

• Brief aus dem NVA-Standort, wo mein Sohn seit einem Jahr seinen Grundwehrdienst ableisten mußte und mit seiner im Westen lebenden Mutter nicht korrespondieren durfte. Meine Briefe erreichten ihn auf dem Umweg über meine Mutter.

•• Großmutter väterlicherseits

freute. Margit war auch da, sehr interessant, was sie erzählte, denn sie arbeitet ja auch in einem Ministerium, was aufgelöst wurde (Chemie) und ist jetzt arbeitsmäßig in einer eigenartigen Lage.

Ihr werdet den heutigen Tag sicher in gemütlicher Runde verbringen. Ich denke an Euch und vor allem daran, daß in 3 Wochen ja schon Heiligabend ist. Mein Weihnachtsurlaub in der Zeit vom 22.–28. Dezember ist schon bestätigt, so daß unserem Treffen Weihnachten in Frankfurt (Oder) kaum noch etwas im Wege steht ... welch gute Aussichten.

Mal sehen, ob wir bis dahin in unserer Bude hierbleiben (warm ist es wenigstens) oder ob wir noch ein weiteres Zwischenquartier paar Kilometer weiter in einem anderen Objekt beziehen, bis es dann endgültig losgeht. Versuche vor Weihnachten noch einen Kurzurlaub zu bekommen, sonst bekomme ich eine Macke (wie der Berliner sagt).

Ich wünsche Euch eine schöne Vorweihnachtszeit, Dir nicht so viel Stress und eine gute Eingewöhnung in Deinem neuen Job•••. Freue mich schon auf unser Wiedersehen

Liebe Grüße an Bettina und Dieter!

Sei ganz lieb gegrüßt und gedrückt von Deinem Christian.

••• ABM-Stelle bei der Forschungsstelle zur Geschichte des Nationalsozialismus und Geschichte der Arbeiterbewegung in Hamburg

3.12.1989

Zentralkomitee und Politbüro der SED erklären geschlossen ihren Rücktritt. Honecker, Stoph, Mielke, Tisch, Sindermann u. a. werden aus der Partei ausgeschlossen.

•

Tausende Bürger der DDR bilden eine Menschenkette von Ost nach West, von Nord nach Süd, um ihre Entschlossenheit zur demokratischen Erneuerung zum Ausdruck zu bringen.

Nürnberg, 4. Dezember 1989

Ich falle aus einer Euphorie in die andere. Euer Land, die Weihnachtsstimmung, die freundlichen und hilfsbereiten Menschen und unsere Ereignisse. Da muß man schnell wieder nach Hause beim Säubern helfen. War das ZK & Co. ein Augiasstall! Und erst jetzt der Devisenonkel!• Weg! Fort! Aber den kriegen sie noch. Axen•• sitzt in der Schweiz. Bitte hebe für mich interessante Artikel auf. Neuen „Spiegel" habe ich.

Schöne Adventsgrüße an Euch Drei von Alice

• Alexander Schalck-Golodkowski (1932–2015) Leiter des geheimen Bereiches für Kommerzielle Koordinierung im Außenministerium der DDR, im Volksmund der Devisenbeschaffer der DDR. Verhandlungspartner auf westdeutscher Seite war der Bayrische Ministerpräsident Franz-Josef Strauß. •• Hermann Axen, von 1970 bis 1989 Leiter der außenpolitischen Kommission des Zentralkomitees der SED.

6.12.1989

Rücktritt von Egon Krenz als Staatsratsvorsitzender. Manfred Gerlach, Vorsitzender der LDPD, wird amtierender Vorsitzender des Staatsrates.

Ffo., 7. Dezember 1989

Bin gespannt, ob ich es schaffe!• Weiß der Kuckuck, immer kommt etwas dazwischen. Bitte, bitte, sei nicht böse. Die vielen sich jagenden Geschehnisse strapazieren mich nach wie vor sehr. Das geht ja nun seit September. Und ich bin nach wie vor sehr oft völlig fix & fertig, da ich nicht gleich einen Gesprächspartner zur Hand habe, um alles zu bereden. Der Tanz ums goldene Kalb! Man hört die tollsten Sachen, reicht ja bis zum Betrug (Doppelkassierung••, es ist zum Schämen). Weiß nicht, ob es stimmt. Daß das Ausbluten kein Ende nimmt, erschreckt mich sehr. Wo soll das hinführen? Und die Arbeitslosenzahlen, auch betr. der Umsiedler aus der DDR. Und die Unterkünfte. Christian haust ja nun auch in so einem Behelfsding. Am 4. kam seine neue provisorische Anschrift. Klaus konnte gleich Paket und Extrabrief auf den Weg bringen. In meinem Paket lag ein Brief zugeklebt und an mich adressiert. Anrede und Text nicht für mich•••; weitergeleitet. ...

Im Radio redet gerade Momper. Irgendwie wird mir zu viel geredet zu uns, über uns. Sehe darin ziemliche Gefahr.
Man soll ja die Worte und die Finger lassen von der polnischen Westgrenze und Wiedervereinigung. Ersteres für immer. Das andere hat Zeit. Wir müssen doch erst mal zu Ruhe und Besinnung kommen.

Ich kann nicht mehr, die vielen Gedanken wirbeln im Kopf. Ich denke so viel an Euch und die Bremer.

Seid alle ganz lieb gegrüßt!

Beinahe vergessen: wie war der Eindruck von der neuen Arbeit? Ehrlich!

Sei fest gekuschelt! Deine Mutter

• Gemeint ist die immer noch nötige Beantragung der polizeilichen Einreisegenehmigung in die DDR für Westdeutsche. •• Gemeint sind DDR-Bürgern, die sich das Begrüßungsgeld in Westdeutschland an verschiedenen Orten auszahlen ließen. ••• Auf diesem Umweg über meine Mutter kam der Brief meines Sohnes vom 3.12.89 zu mir.

7.12.1989

Auf Einladung kirchlicher Instanzen finden im Ost-Berliner Dietrich-Bonhoeffer-Haus erstmals Gespräche am Runden Tisch statt. Vertreten sind 12 Parteien und Gruppierungen mit je drei Vertretern.

•

8.12.1989

Außerordentlicher Parteitag der SED. Gregor Gysi wird zum Vorsitzenden gewählt. Umbenennung der SED in SED/PDS.

Berlin, 10. Dezember 1989

Heute ist der 2. Advent, und ich sehe mit Schrecken, daß ich seit dem 15.10. nicht geschrieben habe. Nun wird mein Brief gleichzeitig unsere Weihnachtsgrüße an Euch übermitteln. Wir wünschen Euch schöne und geruhsame Tage und uns allen ein friedliches neues Jahr, denn daß alles friedlich bleibt, können wir nur hoffen.

Die Ereignisse überstürzen sich, und jeden Tag gibt es etwas Neues und leider meistens nichts Gutes. Jeden Tag hänge ich die halbe Nacht vor dem Fernseher, um gar nichts zu verpassen. Die Zeitungen sind voll von Enthüllungen, die uns immer mehr in Wut versetzen. Dem Volk Wasser predigend, haben unsere Regierenden den besten Wein getrunken. Haben das Volk belogen und betrogen. Die schönsten Naturschutzgebiete haben sie sich unter den Nagel gerissen, haben ihre Residenzen wie die reichen Fürsten in Stand halten lassen, und die Städte sind verfallen. Es ist nicht zu fassen. Ich bin jedenfalls ganz fertig. Das ganze Leben hat man hier gearbeitet, war bescheiden, und nun werden wir sicher auch noch das bißchen verlieren, was wir gespart haben. Das Haus ist weiter kaputt, und es wird sich niemand mehr verantwortlich fühlen, denn an wen soll ich noch Eingaben schreiben? Das Land steht vor dem Ruin, und Chaos ist nicht auszuschließen. Die Menschen sind so verbittert, daß man auch vor Gewalt Angst haben kann. Jetzt kommt alles hoch, was 28 Jahre Gefängnis mit sich gebracht haben. Der Sozialismus ist ein schöner Menschheitstraum, der aber nicht zu verwirklichen ist. In der DDR ist der Zug abgefahren. Aber wohin fährt er? Ich habe nur noch Angst vor der Zukunft.

Mich dauern solche Leute wie Modrow•, der meine ganze Hochachtung verdient, die jetzt vor den Trümmern stehen und die Karre aus dem Dreck ziehen sollen. Mit einer SED geht nichts mehr, davon bin ich überzeugt. Die Wahlen im nächsten

• Hans Modrow (1928) Er galt als gemäßigter SED-Politiker, wurde im November 1989 als Nachfolger des entmachteten Willi Stoph zum Vorsitzenden des Ministerrats der DDR gewählt.

Jahr werden das Ende dieser Partei bedeuten. Selbst, wenn es jetzt Leute gibt, die Integrität besitzen, wird da nichts zu machen sein, denn die alten „Kämpfer“, wie wir sie z. B. im Institut kennen, bleiben auch in dieser Partei, und damit ist die Angelegenheit besiegelt. Leider weiß man auch nicht, was die vielen Gruppen, die es jetzt gibt, eigentlich wollen. Die SED hat keine Demokratie, keine Toleranz zugelassen, deshalb konnten sich nicht einmal die vorhandenen Blockparteien profilieren. Die Bonzen, die geglaubt haben, die Elite der Nation zu sein, möchten sich gern reinwaschen, aber die Rechnung geht nicht auf.

Ich weiß nicht, wie viele Sendungen unseres Fernsehens Du verfolgst, aber sicher hast Du einiges gesehen. Wir haben auf einmal einen guten Journalismus, und es wird, wie man oft sehen kann, schonungslos aufgeräumt. Leider nur in den oberen Schichten, die unteren Strukturen bleiben unberührt, und solange die kleinen Stalinisten überall noch Leitungsfunktionen haben, ist die Gefahr noch nicht vorbei.

Die Zeitungen sind ebenfalls voll mit interessanten Artikeln, man müßte nur mehr Zeit haben, alles kann man gar nicht lesen. Übrigens fällt mir ein, daß ich mich noch nicht für die Fotokopie bedankt habe. Sie ist gut angekommen. Die unsichtbare Front•• hat jetzt offensichtlich andere Sorgen. Es wurde auf Kundgebungen oft gerufen: „Stasi in die Produktion“. Jetzt müssen viele eine neue Arbeit haben, aber die Produktion will sie nicht. Mir tun diese Leute nicht leid, wenn man bedenkt, was einen Menschen bewegen kann, dort zu arbeiten. Mir fallen keine lauteren Gründe ein. Was aus unserem Institut wird, wissen wir nicht. Keiner kann mehr richtig arbeiten, die Verunsicherung sitzt allen im Nacken. Ich versuche wenigstens, mir nicht allzu viele Gedanken darüber zu machen, denn für mich gibt es Wichtigeres. Ich weiß, daß ich nicht mehr in der Lage bin, jede Arbeit zu machen, auch wenn ich nützlicher sein könnte. Wir müssen dann eben sehen, wie wir mit der

•• Gemeint ist das Kontrollieren der Post ins westliche Ausland durch das Ministerium für Staatssicherheit

Situation fertig werden. Von Walters Rente können wir nicht leben.

Nun höre ich mit den traurigen Dingen auf. In 14 Tagen ist Weihnachten und wir möchten das Fest in Stille und Geruhsamkeit verbringen. Bettina hat wieder einige Freunde eingeladen, die es zu uns zieht, und darüber freuen wir uns. Leider fehlen zwei, die dieses Fest im Westen feiern werden.

Nun möchte ich für heute schließen. Ich freue mich, daß Dein Sohn zu Weihnachten bei Dir sein kann. Es hat sich für Dich alles zum Besten gewendet. Ich wünsche Dir viel Spaß bei Deiner neuen Arbeit. 1990 sehen wir uns bestimmt wieder. Wir kommen nach Hamburg und freuen uns schon darauf.

Es grüßen Dich, Dieter und Bettinchen ganz herzlich
Anita und Walter

Berlin, 14. Dezember 1989

Wir wünschen Dir und Deinen Lieben ein Weihnachtsfest in schönster Tradition und einen zuversichtlichen Blick ins neue Jahr!

Wie optimistisch war doch die Stimmung, als Ihr beide für eine anregende und erbauliche Diskussionsstunde (17.11.) bei uns wart. Inzwischen überkommen uns zunehmende Sorgen, wie diese totale Krise bei uns zu überwinden ist – d. h. in der DDR!

Gerade, da ich in das oberste Leitungsgremium meiner Partei einbezogen bin, verkündet sie die Absage an den Sozialismus. Was aus solchem Abgleiten werden kann, zeigt der CDU-Parteitag. Ich will aber nicht abspringen, sondern um ein neues Verständnis von Sozialismus in der LDPD ringen.

Problematisch ist auch das Schicksal der Bildungsinstitute, über welches z. Zt. ein „Rat der Götter" befindet. Hier brauchen wir sehr schnell Mitsprache von der Basis ... Schließlich gab es die erste Kinderdemonstration für Schulreformen. Und während Leute wie wir fürs Land kämpfen, scheffeln andere DM oder schreien nach Wiedervereinigung ... Trotzdem lassen wir uns unseren Optimismus nicht nehmen, und Weihnachten wird auch richtig gefeiert, erst bei meiner Schwester, dann bei den Eltern

Herzliche Grüße, Deine Sabine und Männer

16.12.1989

Mit einer Demonstration in Timisora gegen die Zwangsdeportation des reformierten Pfarrers László Tőkeó erfaßt die Welle der Bürgerproteste auch Rumänien.

•

17.12.1989

Gründungsparteitag des „Demokratischen Aufbruchs".

•

18.12.1989

2. Beratung des „Runden Tisches". Es wird eine Vertragsgemeinschaft zwischen DDR und BRD vorgeschlagen.

•

19.12.1989

Treffen zwischen Bundeskanzler Kohl und DDR-Ministerpräsident Hans Modrow zu 2-tägigen Gesprächen in Dresden. Eine Vertragsgemeinschaft zwischen beiden deutschen Staaten wird für Frühjahr 1990 in Aussicht gestellt.

20.12.1989

Der französische Staatspräsident François Mitterand trifft zum 3-tägigen Staatsbesuch in Berlin ein.

•

22.12.1989

Das Brandenburger Tor wird für den Besucherverkehr geöffnet.

•

24.12.1989

Aufhebung der Visa-Pflicht für BRD-Bürger bei Einreise in die DDR.

•

25.12.1989

Nicolae und Elena Ceausescu werden von einem Militärtribunal zum Tode verurteilt und anschließend erschossen.

31.12.1989

Hunderttausende Berliner aus beiden Teilen der Stadt feiern am Brandenburger Tor eine Silvesterparty.

•

3.1.1990

Die Teilnehmer des „Runden Tisches" verständigen sich auf eine „Große Koalition der Vernunft" bis zu den am 6. Mai 1990 vorgesehenen Wahlen.

Berlin, 8. Januar 1990

Tausend Dank für Deine guten Wünsche und den ausführlichen Brief. Da ich ganz fest damit rechne, Dich am 10. oder 11.2. für ein paar Stündchen bei mir zu sehen, fasse ich mich ganz kurz, zumal ich heute erst aus Karl-Marx-Stadt zurückgekommen bin, leicht überfordert, wie immer, und mit schwirrendem Kopf, wie noch nie. Natürlich habe ich mit meinen Freunden aus K. auch fast ausschließlich debattiert, denn es sieht in unserem Lande „hinter den Kulissen“ recht übel aus: Unter den „sich-befreit-Habenden“ sind nicht nur an das Gemeinwohl Denkende, sondern machthungrige Rechthaber, Intolerante, Bösartige, z. T. auch edle Schwärmer, also alles durcheinander. Aus diesen Gründen und noch manchen zusätzlichen halten wir es für sehr wahrscheinlich und möglich, daß dem Sozialismus hierzulande demnächst doch der Garaus gemacht wird.

Wir sind ja alle von Natur aus Optimisten, aber doch ganz illusionslose Leute. In unseren Augen schwinden die wenigen Dinge, die uns noch vor 14 Tagen als Ansatzpunkte für einen mühevollen, aber aussichtsreichen Neubeginn erschienen, von Tag zu Tag mehr dahin: staatsbürgerliches Bewußtsein, Einsatzbereitschaft, Arbeitseifer, Verantwortungsgefühl usw. scheinen keine Tugenden mehr zu sein. Da sind schleichende Gifte am Werke, epidemisch auftretende Sinnes- und Geistesverwirrung macht sich breit, Rechtsextremisten werden frech und frecher (und können nicht gefaßt werden, weil Leute, die es tun könnten – und das waren ja keineswegs bloß „Stasi-Schläger“ – arbeitslos in der Luft hängen), viele tun so, als dürfe bis zu den Wahlen alles ruhen, alles erlaubt sein und als begänne dann – dank CDU oder LDPD – ein himmlisches Dasein mit vollen Läden und dicken Geldbeuteln! Oh Jammertal!

Was wird es nützen, daß Hans Modrow, Christa Luft, Gregor Gysi und viele andere sich abstrampeln? Die alten und neuen

Parteien sprechen ihnen jede Legitimation ab (weil von der „alten" Volkskammer gewählt), machen ihnen z. T. schon jetzt das Leben sauer, stellen unmögliche Forderungen, schädliche Forderungen sogar, und geben mehr und mehr zu verstehen, daß „sie nun auch endlich mal ans Ruder kommen wollen". Die wenigen (ca. 1,3 Mill. von ehemals 2,3 Mill.) noch vorhandenen Mitgliedern der SED ergeben zu wenige Wählerstimmen, und da nur einige unter ihnen im Stande sind, gelassen und sachkundig zu debattieren, viele, da sie tatsächlich bedroht werden (Fensterscheibenzertrümmerungen, Anpöbeleien, tätliche Bedrohung – das sind keine Enten) vorläufig bisher still sind, ist es mit der Wahlpropaganda so eine Sache. Wer die SED-Zeitungen nicht liest, weiß auch nicht, wie sich die neuen Leute aus dieser Partei abmühen, wie ernsthaft sie arbeiten, wie sorgfältig sie sondieren und abwägen! Viele Bürger wollen das ja gar nicht wissen; sie sind „besoffen".

Obwohl ich ja parteilos bin, betreibe ich jetzt rundherum Wahlpropaganda für die SED und flehe alle Heidengötter an, daß ihr möglichst viele Stimmen zufallen!

Daß Christian in so kurzer Zeit so viel erwachsener geworden ist und fähig, Unbilden zu ertragen, freut mich für Dich und erst recht für ihn. Möge er weiter innerlich wachsen.

Dir ganz liebe Grüße!
Deine alte Gertraud

Berlin, 8. Januar 1990

Nach unserem gestrigen Telefonat nun noch ein paar Zeilen als Nachtrag. Sitze bei Kerzenschein und meiner geliebten Mozart-(Klavierkonzert Es-dur KV 482)-Platte – denke u.a. an unsere gemeinsamen Tage in Hamburg• und meine Zukunft in der neuen Freiheit. Vieles ist noch richtig ungewohnt. Ich glaube, daß es nicht so gut ist, wenn ich im Februar schon wieder nach Hamburg komme, besser ist frühestens im Mai. Ich muß nach diesen 15 Monaten auch erst mal wieder in Berlin richtig Fuß fassen. Zumal nach den völlig erneuerten Bedingungen freue ich mich auf unser Wiedersehen Anfang März in Berlin.

Nach meinem Gespräch mit Omi gestern hat sich doch wieder zum wiederholten Male ihr realitätsfernes Denken bestätigt. Ihre kühle und zurückhaltende Reaktion auf meine Ankündigung der kurzfristig gestarteten Hamburg-Tour war doch wirklich mit der Angst eines plötzlichen Übersiedelns verbunden. Was sind das doch für Wahnvorstellungen!

Beiliegend Flugblatt und BZ-Artikel zum Fall Babylon! [↘c]

Heute bestelle ich mit Wirkung von 1.2.90 das Abonnement der alten, neuen „Berliner Zeitung".

Sei ganz herzlich gedrückt von Deinem Christian

• Mein Sohn kam als beurlaubter DDR-Soldat tatsächlich nach Weihnachten, das wir gemeinsam bei meiner Mutter in Frankfurt (Oder) verbracht hatten, für ein paar Tage mit nach Hamburg.

RETTET DAS BABYLON !

WECKT DIE BÜROKRATEN AUF !

JÄHRLICH KASSIERT DIE KWV 55000 MARK MIETE. ABER EIN SEIT 10 JAHREN FÄLLIGER HEIZUNGSUMBAU WAR BIS HEUTE NICHT DRIN.

JETZT SIND DIE ÖFEN AUS.

DER KINOKULTUR WIRD DIE LUFT ABGEDREHT. DAS EINZIGE STUDIO-ARCHIV-UND WIEDERAUFFÜHRUNGSKINO IN BERLIN IST KALTGESTELLT!

AM MITTWOCH UM 8 UHR WIRD IM BEROLINAHAUS UM DIE ZUKUNFT DES BABYLON GEKÄMPFT. DAS KANN NUR HEISSEN:

WIEDERERÖFFNUNG INNERHALB VON 4 WOCHEN

EINE ~~UNKOMPLIZIERTE LÖSUNG MUSS HER, DAMIT DAS KINO~~ ÜBER DEN WINTER KOMMT.

NACHDRUCK IST NÖTIG!
KOMMT AM DIENSTAG 9.1.90 UM 17 UHR ZUM BABYLON. WIR ZIEHEN DANN ZUM BEROLINAHAUS.

BRINGT RASSELN, TÖPFE UND KOCHLÖFFEL MIT, DAMIT DIE VERANTWORTLICHEN NICHT WIEDER IN TIEFSCHLAF VERSINKEN! UND WER KANN, SOLLTE AUCH AM MITTWOCHMORGEN WIEDER VORM BEROLINAHAUS SEIN.

KINOFREUNDE WEHRT EUCH!

kino babylon und initiativgruppe zur rettung des kinos

[↘c]

10.1.1990

In Ost-Berlin hat sich eine Bürgerinitiative „Deutsche Einheit“ gegründet. Sie fordert einen Volksentscheid bis 30. März 1990.

Berlin, 11. Januar 1990

Schön, daß wieder Post von Dir kam und Deine Gedanken in vielem den meinigen gleich sind. – Vor wenigen Tagen sind nach dreiwöchigem Aufenthalt meine Eltern zurückgefahren. Oft noch hatte ich Gäste und, und ... Deshalb heute nur dieser schnelle Gruß. Deine Ankündigung, im Frühjahr nach Berlin zu kommen, freut mich ganz sehr. Ich schlage Dir vor, bei uns zu „campieren". Jürgens ehemaliges Zimmer steht Dir zur Verfügung. Wir würden Dich auch abholen. Dann können wir reden, reden. Bis zum nächsten Brief erst einmal herzliche

Bis zum nächsten Brief erst einmal herzliche Grüße
und vielen schönen Dank für Deinen Brief.
Ingrid

13.1.1990

Umbenennung der SDP in SPD. Die Partei bekennt sich zur Einheit der deutschen Nation.

•

15.1.1990

Eine Demonstration vor der Stasi-Zentrale in der Ost-Berliner Normannenstraße, zu der das „Neue Forum" aufgerufen hatte, gerät außer Kontrolle. Tausende stürmen und verwüsten das Gebäude.

•

26.1.1990

Der „Runde Tisch" schlägt Ministerpräsident Modrow die Bildung einer parteiunabhängigen Regierung vor.

28.1.1990

Am „Runden Tisch" wird vereinbart, die Volkskammerwahl auf den 18. März 1990 vorzuverlegen. Am 6. Mai 1990 sollen Kommunalwahlen stattfinden.

•

29.1.1990

Erich Honecker wird unmittelbar nach seiner Entlassung aus der Charité in Untersuchungshaft genommen und wegen Haftunfähigkeit am 30. Januar wieder freigelassen. Er findet nach mehrfacher Intervention der DDR-Regierung Aufnahme bei einem evangelischen Pfarrer in Lobetal bei Bernau, da man bei Unterbringung in einer normalen Wohnung nicht für seine Sicherheit garantieren kann. Auch dieses Domizil bedarf ständigen polizeilichen Schutzes.

Berlin, 12. Januar 1990

Hierzulande spitzt sich die Lage mehr und mehr zu und ich befürchte, das sonst immer bei Revolutionen bestehende Chaos mitsamt Straßenschlachten und Fabriksprengungen kommt bei uns demnächst als gräßlicher Nachtrab. Dafür gibt es mannigfaltige Gründe: wirtschaftlich, politisch, psychologisch. Einer davon ist auch die elendigliche Anmaßung und Unverschämtheit, mit der sich BRD-Politiker in unsere Angelegenheiten einmischen. Eigentlich kann ich lächerliche Einzelperson kaum etwas dagegen unternehmen, aber heute habe ich an den stellvertretenden Vorsitzenden der bundesdeutschen CDU ein geharnischtes Schreiben verfaßt, bei dessen Zusendung Du mir vielleicht behilflich sein kannst, indem Du seine Adresse ermittelst und mein Schreiben im beigefügten Briefumschlag abschickst.

In großer Eile und noch größerer Verzweiflung
Deine unglückliche Gertraud.

Blankenburg/Harz, 16. Januar 1990

Heute in einer Woche ist es soweit; am 23.1. die Entlassung aus dem Wehrdienst. Welch eine Freude! Morgen gebe ich meine Uniformen ab, die ich in diesem Jahr noch kein einziges Mal getragen habe und von nun an nie mehr tragen werde (höchstens auf der Bühne als Kostüm). Der ganze Spuk ist vorbei und ich kann mich frohen Mutes auf die Aufgaben der Zukunft stürzen.

Ich melde mich bald wieder aus Berlin.

Viele liebe Grüße auch an Schwesterherz und Dieter
Dein Christian

Berlin, 21. Januar 1990

Zwischendurch ein kleiner Gruß mit herzlichem Dank für den Monet-Kalender. Er steht jetzt dem Worpsweder Kalender gegenüber, bei dem ich mich das ganze Jahr über nicht von dem faszinierenden Januarbild trennen konnte - verrückt, was? Aber nun wende ich sie parallel.

In das neue Jahr blicken wir wie in einen dichten Nebel - mit der Sonne des Sozialismus ist wohl nicht mehr zu rechnen, doch davon in Bälde mehr.

Herzlichst Sabine

Berlin, 1. Februar 1990

Tausend Dank für Deinen lieben Brief samt Beilage. Dank auch für das Weiterleiten meines Wutgeschreis. Es wird gar nichts bewirken, aber ich mußte es loswerden.

Mir ist körperlich übel, weil ich ein Gefühl von nahendem Weltuntergang habe. Ich hatte nie etwas dafür übrig, in „historisch interessanten Zeiten“ zu leben!! Aber wer fragt danach; man sitzt mittendrin und kann sich nicht wehren ... nicht einmal sinnvoll tätig sein kann man, wo doch Männer wie Modrow oder Gysi, Leute mit Aktionsradius, auch viel weniger bewirken können als man für möglich hält. Das liegt an dem, was ich als allgemeine Geistesseuche empfinde, und ich kann mir gut vorstellen, daß das in allen Revolutionen so war – unabhängig davon, ob das hier als Revolution zu bewerten ist. In meinen Augen ist es die nackte, sogar brutal werdende Konterrevolution (Rechtsunsicherheit wächst von Tag zu Tag – der Innenminister ist nicht zu beneiden – ich befürchte für den Wahltag Krawalle ... erst recht in der Folgezeit!) insofern ich Dir vollkommen Recht geben muß in Deiner Beurteilung der nackten Machtstrategie der sogenannten Opposition. Die Seuche, NUR den Moment zu leben und JEDE Verantwortung fürs Gemeinwohl zu ignorieren, hat Millionen erfaßt, Leute jeder Altersstufe und jeden Ausbildungsgrades. Die wenigen Wackeren, die es noch gibt, werden angesichts der nackten Tatsachen von Tag zu Tag mutloser. Die Erwachsenen sind dem ständigen Druck des Durcheinanders bald nicht mehr gewachsen – und WELCHE Auswirkungen hat das auf Kinder!

Nun, ich will nicht länger lamentieren. Ich freue mich auf Deinen Besuch am 11.3. und werde uns ein vernünftiges Mittagessen bereiten. Ansonsten habe ich mir eine früher verpönte Unart zu eigen gemacht: ich esse Tütensuppen, weil ich zum Kochen viel zu nervös bin.

Sei herzlich gegrüßt
Deine alte Gertraud

Berlin, 1. Februar 1990

Eine Grippe hatte mich drei Wochen niedergehalten, so kann ich erst jetzt, keimfrei, Dir und den Deinen meine Wünsche für ein gutes und schönes 1990 bringen.

Um Weihnachten hatten wir manchmal an Euch gedacht, wie (fast) normal nun alles für Euch geworden ist. Ob Du nach Hamburg gezogen bist oder, zum Beispiel, nach Dresden gezogen wärest – abgesehen vom Wohlstandsfaktor eins zu x ist es schon fast das gleiche. Andererseits erst aus der Sicht von heute verstehen wir nicht unmittelbar Betroffenen aber auch tiefer, was 30 Jahre Trennung für Hunderttausende bedeutet haben mögen, und verstehen den Zorn und die Bitterkeit, die überall spürbar sind, aufschäumen und auch schon überschäumen. Fast schon wird der Ruf nach Recht vom Ruf nach Rache übertönt, während die einen noch singen „Deutschland einig Vaterland", skandieren die anderen schon „Heim ins Reich", noch immer gehen täglich Tausende aus dem Land, die neuen Lohnforderungen haben jetzt 50 Milliarden erreicht – ein Chaos und ein Pulverfaß und ein eigenartiges Gefühl: Wenn man kein Radio hört und kein Gespräch sucht, dann ist alles ganz friedlich, ganz normal, die Welt ganz in Ordnung, wie vorher, wie danach. Strittmatter• hat es vor Jahren in einem Brief geschrieben: Da müssen wir durch. Und dann kommt das nächste. Und da müssen wir auch durch. –

Für die Adventszeit waren wir ein paar Tage nach Plauen gefahren, da lag es nahe, einen Sprung über die Grenze zu machen. Inge wollte nach Bayreuth, weil sie nach Lektüre der dicken Wagnerbiographie (von Gregor-Dellin)•• ein Faible für den Meister hat. Ich wollte dann die Romantik noch etwas handgreiflicher, und so waren wir danach noch ein paar Stunden in Nürnberg, auf dem Christkindelsmarkt (wo Kindheitsträume aufstiegen, denn in dem Erdgeschoß jenes Hauses, in dem wir damals im ersten Stock wohnten, war ein Schokoladenladen, wie das bei uns hieß, und die Luft des

• Erwin Strittmatter (1912–1994) Sorbisch-deutscher Schriftsteller in der DDR
•• Martin Gregor-Dellin: Wagner und kein Ende. Bayreuth 1958.

Hauses war das ganze Jahr über von dem gleichen Duft erfüllt, wie er dort durch die bunten Buden des weihnachtlichen Marktes zog). Heiligabend hatten wir alle Kinder und Enkel um uns versammelt und einen richtigen Weihnachtsmann und die Politik einmal vergessen – ein Fest, wie man's sich wünscht. Am Neujahrsmorgen waren wir zum Brandenburger Tor gegangen. Das Bild bleibt unauslöschlich: Die Linden entlang vom Pariser Platz bis zur Spree alles übersät mit Tausenden zerborstener Sektflaschen, Tausenden von Plastikbeuteln und Tausenden von Bier- und Cola-Dosen. Nichts sonst und alles andere verdeckt davon. Kein Regisseur hätte es eindrucksvoller inszenieren können; Aschermittwochstimmung, ganz unten. Die Auflösung der Macht, das Lernen von Demokratie – beides ist ein schlimmer Prozeß. Noch längst nicht ist die Talsohle erreicht. Es kann faszinierend sein, seine Umgebung, Menschen, die man kennt, mit sozusagen wissenschaftlichem Interesse zu betrachten, wie sie den neuen Situationen begegnen. Überraschend allerdings sind die Ergebnisse kaum. Wirklich bedrückend und mich im Innersten bewegend sind jene, die die Vorgänge nicht mehr begreifen, die die Welt nicht mehr verstehen. Zu ihnen gehört L., an den Du Dich vielleicht erinnerst. Er, der schon sein privates Leben nicht recht meistern konnte, ihm kommen Tränen, wenn man über politische Entwicklungen mit ihm spricht, er schreibt Verse und Briefe, die seine seelische Zerrüttung in bedrückender Weise spiegeln, und heftet sie öffentlich im Flur an. Das Echo – Spott und ein bißchen Mitleid – erreicht ihn kaum.

Was die Zukunft unseres Hauses angeht, so ist alles offen. Im Augenblick interessieren die Öffentlichkeit nur zwei Themen: das politische System und die Wirtschaftsreformen. So führen wir z. Zt. ein unauffälliges Nischendasein, und das wird sicherlich noch ein paar Wochen so bleiben.

Inzwischen habe ich auch mit Muße und Verstand Deinen Lexikon-Artikel gelesen. Er hat mir gefallen, und ein bißchen habe ich Dich beneidet um die Möglichkeit, mit solchen

Leuten[•••], die für mich immer in gewisser Weise hinter einem Kreidestrich stehen, den ich nicht überschreiten kann (in meiner frühen Erziehung muß jemand was ganz fürchterlich falsch gemacht haben, wie Du siehst), munter zu plaudern und dies auch noch publizieren zu dürfen.

Hier geht die Revolution weiter. Wohin sie uns treibt, weiß keiner, doch wir hoffen, daß wir nicht nur das freie Tal durchwandern, sondern auch die grünen Hügel erreichen dürfen.

Und Dir wünsch ich alles Gute. Und Inge läßt grüßen.
Herzlich Heinz

••• Bezug genommen wurde auf mein Interview mit dem Publizisten und Drehbuchautor Axel Eggebrecht (1899–1991) für das CineGraph-Lexikon zum deutschsprachigen Film.

1.2.1990

Auf einer Pressekonferenz in Ost-Berlin legt Modrow seien Plan „Für Deutschland einig Vaterland – Konzeption für den Weg zu einem einheitlichen Deutschland“ vor.
Die Zahl der Arbeitslosen in der DDR beträgt 51000.

•

2.2.1990

Manfred Gerlach schlägt vor, am 2. Dez. 1990 in beiden deutschen Staaten einen Volksentscheid über die Einheit Deutschlands durchzuführen.

Berlin, 2. Februar 1990

„Um neu zu beginnen, muß das Alte überwunden werden.
Was nicht von selbst stürzt, muß man abtragen.
Aber mit dem Abtragen allein ist es nicht getan.
Man muß auch wissen, worin das Neue besteht.
Wie es besser ist." (Walter Janka)

Nun bin ich seit zehn Tagen wieder zuhause! Meine kleine Wohnung, die ja fünfzehn Monate brach lag, bekommt jetzt den letzten Schliff. Das Telefon wird nach Auskunft des Fernsprechamtes erst in 4 bis 8 Wochen angeschlossen, Es kann jetzt alles mit der kritischen Lage entschuldigt werden! Gespannt ist die Lage wegen der politischen Unsicherheit, der auf die Menschen zukommenden sozialen Probleme (bisher unbekannt aufgrund der bisherigen Sozialpolitik, die sich der Staat eigentlich schon lange nicht mehr leisten konnte), des entstehenden Rechtsradikalismus ...und, und, und ...allemal.

Am 30. Januar war ich beim Antifa-Basar auf dem Alex, wo verschiedene Gruppen unter dem Motto „Gib den Nazis keine Chance" über die „braune Gefahr" informierten (beiliegend ein Flugblatt dieser Aktion). Die Polizei stand im Hintergrund in Mannschaftswagen bereit, um die ganze Aktion vor REPs (in Lichtenberg soll es schon 200, in Marzahn sogar 800 geben) und FASCHOs zu schützen.

Am Mittwoch war ich bei einem Kontaktgespräch der SPD im Wohngebiet, sehr interessant.

Am Sonntag hat das von Julia als Regieassistentin betreute „Woyzeck-Projekt" einer freien Schauspielergruppe im „Jo-Jo" Premiere, wo ich natürlich nicht fehlen darf.

Heute war ich bei der Denkmalpflege; der Kaderleiter hätte mich am liebsten gleich ab Montag den 5.2. im Betrieb gesehen, fange aber erst wieder am 1. März an.

Sei lieb gegrüßt von Deinem Christian

Berlin, 3. Februar 1990

Signale erreichen mich aus Hamburg: persönliche Grüße von Dir, eine ND-Reportage in der heutigen Ausgabe. Nun will ich endlich auch einige Signale aussenden.

Wie Du schon von mir erfahren hast, waren meine Eltern drei Wochen bei uns. Und vorige Woche war ich fast eine Woche bei meinen Eltern. Mein Vater feierte seinen 80. Geburtstag, meine Mutter den 78, Meine Familie reiste etwas später an und früher wieder ab. Den größten Aufwand haben meine Eltern selbst bewältigt, für das leibliche Wohl haben sie aufs Beste gesorgt.

Ein wenig sollst Du doch wissen, was ich hier in der Hauptstadt treibe. Das soll nun der Übergang sein zu den (wie soll ich es benennen?) existentiellen Problemen der hier Verbleibenden. Ich habe jetzt noch einmal Deinen letzten Brief durchgelesen. Es waren furchtbare Geschehnisse, die Weihnachten passierten.• Es konnte kein Fest sein – das war unmöglich.

Und all die Qualen der letzten Monate mit den grausamen Enthüllungen haben mich fast „verrückt" gemacht. Nur keine Schwäche zeigen – so war mein Motto – viele brauchten Kraft, vor allem die, die mir die Nächsten sind. Und trotzdem: manches Mal habe ich mit Eberhard wie ein Marktweib geschrien. Ich konnte und kann es nicht fassen, daß ich die begangenen Verbrechen nicht erkannt habe. Irgendwie fühle ich mich dadurch mitschuldig. So ist die Lage. Heute wissen wir, daß wir bespitzelt worden sind. Das interessiert uns heute nicht mehr. Nur ein Schmerz ist in uns über das Geschehene.

Froh sind Eberhard und ich, daß die Kirche Honecker aufgenommen hat. Mit dem Verstand kann ich das Ganze noch fassen, aber das Gefühl ist durcheinandergeraten. Im Falle des Genannten, der ja in große menschliche Not geraten ist – ganz sicher seine tiefste – bin ich der Meinung, daß die Rachegedanken, die viele Menschen haben, nicht kultiviert werden

• 25.12.1989 Nicolae und Elena Ceausescu werden von einem Militärtribunal zum Tode verurteilt und anschließend erschossen.

dürfen. Wo würden wir dann hinkommen? Mit dem Verstand und dem Gefühl meine ich nicht den konkret genannten Fall, sondern alle Ereignisse.

Ich merke, mein Inneres kann ich Dir nicht beschreiben. Aber wie wird es nun weitergehen? Viele Menschen freuen sich auf „Deutschland einig Vaterland", andere haben große Ängste. In vielem sind wir unwissend. Wir wissen nicht, wie es sich tatsächlich in der „anderen" Gesellschaft leben läßt. Aber auch ich möchte nicht einfach übernommen werden. Werden wir Bewahrenswertes einbringen können? Werden die BRD-Bürger befragt werden, wie dieses Deutschland aussehen soll? Bleiben sie unmündig? Was wird aus den Raketen werden, die noch in beide Richtungen zielen? Werden die Verhältnisse - oder besser gesagt - wird das Leben kleinbürgerlich gestaltet? Kann der Einzelne sein Leben wirklich so gestalten, wie er es möchte? Gibt es tatsächlich keine Zwänge? Ich bin sehr mißtrauisch. Mein Wissen über das andere Deutschland stammt aus Büchern, und Du weißt, zwei Blicke ins Leben und einen ins Buch ... Einen Blick habe ich nach Westberlin riskiert. Ich habe nur die Atmosphäre eingefangen. Es war ein vorsichtiges Vortasten. Die Geschäfte habe ich ausgespart - nein, es stimmt nicht - meine Mutter wollte Schokolade kaufen, und diese haben wir in einem Warenhaus erstanden. Mir war übel, als ich mich plötzlich inmitten dieser Schokoladenberge wiederfand. Ich wollte nur weg, weg. Aber dann kam mir in den Sinn, daß ich mir in den Galerien auch Rembrandt anschauen kann und vieles andere. Das ist schön, gell? Ich freue mich schon darüber, daß alles so gekommen ist, nur der Schmerz, der Schmerz ist da.

Christian wird wohl bald entlassen werden und wie gut für Euch, daß ihr wieder zueinanderkommen könnt. Christian war durch Deinen Weggang so verzweifelt, weißt Du noch, als Du das letzte Mal bei mir warst?

Anita hat Dich, so glaube ich, informiert, was sich im ZHB** tut oder auch nicht. Diese Dinge nehme ich gelassen hin. Eberhard tut es in seinem Falle auch.

** Es handelt sich um das Institut, in dem fünf der Briefautoren und ich selbst viele Jahre tätig war.

In Karlshorst haben alle Sträucher Blätter bekommen. Im Garten sind die Vögel sehr aufgeregt und erwarten alle mit Lebhaftigkeit den Frühling. Ich sehne mich auch danach. Wird es dann leichter sein, das Leben? Morgen kommen die Kinder zum Mittagessen, das sind heitere Stunden. Jürgen lebt auch schwer. Doch ich wünsche Dir viel Gutes und grüße Dich lieb

Ingrid

4.2.1990

Die SED/PDS ändert ihren Namen in PDS (Partei des demokratischen Sozialismus).

•

5.2.1990

In Ost-Berlin wird eine „Regierung der Nationalen Verantwortung“ gebildet. Eine Mehrheit der Teilnehmer am „Runden Tisch“ spricht sich dafür aus, bei Wahlveranstaltungen keine Gastredner aus der BRD und Westberlin einzuladen.

Frankfurt (Oder), 8. Februar 1990

Gestern kam von Christian Post, mit der er seinen Besuch für Samstag bis Montag ankündigt.

Was Du berichtest, habe ich mit viel Interesse zur Kenntnis genommen. Tja, Lebenswege! Außer Roswitha• gab es sicher noch so manchen, der an das Gute des Sozialismus glaubte. Aber die Menschen können nicht auf dem rechten, ehrlichen Weg bleiben, verwechseln „sozial“ und „ego“. Immer wieder hört man etwas Neues von all dem Schlamassel und immer Ungutes. „Kontraste“ am Dienstag hat mich wieder umgehauen. Wie wird es mit Gorbi weitergehen, wird er es schaffen? Schaffen ohne Klamauk. Der im Süden reicht ja schon. An der Adria kriselt es auch ganz schön. Halb Europa im Aufbruch, Aufstand. Und hier in der DDR? Wir bluten weiter aus. Diese Menschen denken nur an sich, an ein schönes Leben – und dann ohne Wohnung, ohne Arbeit, ohne Möbel und Hausrat; Kleider, Haus- und Leibwäsche im Koffer oder Bündel. Container, Schiff, Turnhalle. Almosenempfänger. Und hier hatten sie keine Not. Wie soll es nur weitergehen, aufwärtsgehen, wenn die Arbeitskräfte gehen. Bücher könnte man schreiben.

Die Nachbarin über mir ist seit Jahresanfang zu Haus „krank“. Frau W. glaubt das nicht. Im Markendorfer Krankenhaus soll es auch schlecht aussehen. Der Nachbar gegenüber plötzlich herzkrank und mit 60 auf Rente. Die freigewordenen Arbeitskräfte könnten doch für saubere Straßen und Parks sorgen. Ein ganz klein bissel sorge ich mich auch um meine Finanzen bzw. Ersparnisse, aber wirklich erst in zweiter Linie.

Tschüß! Mach es gut.
Viele liebe Grüße Dir und ... von Deiner Mutter

• Roswitha, war als junge Frau mit Idealen in die SED eingetreten und am 7. Oktober 1989 unter den friedlich demonstrierenden Bürgern, die vorübergehend festgenommen wurden.

Berlin, 13. Februar 1990

Heute schlug es Dreizehn! 1945 war es in Dresden ein Inferno, heute betrifft es einen ganzen Staat. Nun dürfen wir einander unser Beileid aussprechen. Wir hier haben also in 40 Jahren nur demontiert, geschlampt, abgebaut. Jetzt wird es uns ins Gesicht gesagt. Alle haben sich umsonst gemüht, und dafür verlieren sie auch noch den Arbeitsplatz. In der Charité wird heute das Herzzentrum geschlossen. Wenn das kein Omen ist? Grund zum Jubeln und Feiern in der närrischen Zeit haben die Leute nun. Für sie gibt es keinen Aschermittwoch, wenn sie nach ihrer Fastnacht erwachen werden. Und alles geschah vor aller Augen und Ohren.

Nimm also diese Karnevalsgrüße entgegen, kleide Dich in Schwarz und streue Asche auf Dein Haupt. Es hilft alles nichts. Es heißt Durchhalten! Weitermachen! Im Schatten weiterleben!

Ich bin mit Dir verbunden
Deine Alice

Berlin, 19. Februar 1990

Müssen wir jetzt in der DDR bis zum 18.3. nur Kohlsuppe essen? Und wie wird das Hauptgericht aussehen? Kohlroulade oder nur Kohlblätter? Nun sind wir Werkzeug des BRD-Wahlrummels geworden und alles soll schnell über die Bühne gehen ... auf unsere Kosten.

Herzliche Grüße an Dich und Familie
Deine Alice

13.2.1990

Treffen zwischen Bundeskanzler Kohl und DDR-Ministerpräsident Modrow in Bonn.
Modrows Erwartungen, von der BRD eine wirksame Soforthilfe zu erhalten, bleiben unerfüllt.

•

20.2.1990

In Ost-Berlin beginnt die erste Gesprächsrunde der deutsch-deutschen Kommission für Wirtschafts- und Währungsunion.

•

22.2.1990

Rund 20000 Menschen demonstrieren in Ost-Berlin für soziale Sicherheit, Recht auf Arbeit, gegen Massenarbeitslosigkeit.

Berlin, 23. Februar 1990

Über die Ereignisse vom letzten Wochenende bist Du sicher schon über die Bremer ausgiebig informiert. Der krönende Abschluß dann am Montag mit Gang durchs Brandenburger Tor (da hat sich dann jeder sein Mauerstückchen organisiert); Bummel durch den Tiergarten bis zum Ku'damm mit Besuch des Café Kranzler. Ingrid und Dipak waren sichtbar bewegt.

Ich habe mich ja in den letzten Tagen schon etwas vertraut gemacht mit dem Westteil unserer Stadt auf Streifzügen im Wedding und Kreuzberg, fernab von allem Touristengedränge. Sehr sehenswert ist z. B. der große Flohmarkt in dem stillgelegten Hochbahnhof Nollendorfplatz (der Berliner sagt einfach „Nolle"). Dort sind in über 20 alten U-Bahnwagen lauter kleine Trödelläden und ein Zille-Museum sowie eine Kneipe untergebracht.

Vor kurzem waren wir im DT• in dem Stück „Die Geisel" des irischen Autors Brendan Beham, eine ganz tolle Inszenierung mit großem Aufgebot (u.a. mit [Dietrich] Körner, [Gudrun]Ritter, [Raimar Jo.] Baur, [Rolf] Ludwig, [Margit] Bendokat) und Ulli Mühe als Strichjunge (umwerfend). Nach der Vorstellung noch eine tolle Runde bei Wein und Kerzenschein im DT-Keller.

Ich hoffe, Dein Stress durch Dieters Buch hat sich jetzt wieder etwas gelegt. Hauptsache, es wird wenigstens ein Erfolg, ich melde mich gleich für ein Exemplar an. Toll finde ich Deine Bewerbung beim „Spiegel", vielleicht klappt es ja.

In einer Woche beginnen meine letzten Monate als Kunsthandwerker (werde ich noch mal voll auskosten). Es soll ja jetzt bald 150 Mark mehr gezahlt werden, da die Subventionen in allen Bereichen gestrichen werden. Unsere „Berliner Zeitung" wird ab 1.4. 50 Pfennig kosten, ein realistischer Preis für eine jetzt auch realistische Zeitung, die „Weltbühne" mit neuem „alten Gesicht" 1 Mark. Wie das mit den Waren des täglichen Bedarfs wird, kann man gespannt sein.

• Deutsches Theater Ostberlin

Was ist an der Sache mit Roger•• und Frau dran – sind die übergesiedelt?!

In zwei Wochen kommst Du ja schon. Dann kannst Du meine Neuerungen in der Wohnung besichtigen.

Sei ganz lieb gegrüßt von Deinem Christian

•• Roger ist ein Cousin meines Sohnes, der tatsächlich die erste Gelegenheit nutzte, in die Bundesrepublik überzusiedeln.

Berlin, 24. Februar 1990

Gestern Abend lud unsere SPD zu einer Wahlveranstaltung mit drei Kandidaten für die Volkskammer und den Vorsitzenden der West-SPD Dr. H.-J. Vogel ins Colosseum ein. Ich war dabei, nicht in der ersten Reihe (wie bei ARD und ZDF) sondern in der dritten (dafür aber live). Es lohnte sich allemal, ob nun wegen der patenten Kandidaten (eine Biologin, ein Mediziner, ein Germanist) oder wegen des sich so angenehm von dem einnehmenden und vereinnahmenden Unwesen von Bundeskanzler Kohl unterscheidenden Wesens des H.-J. Vogel, der Mut machte und realistisch auf Publikumsfragen antwortete.

Ab heute ist nun auch Willi Brandt unser SPD-Ehrenvorsitzender.

Heute las ich in der Wochenendausgabe unserer BZ einen Brief von Helga Königsdorf• an eine alte Genossin. Dieser Brief der Königsdorf spricht mir in vielen Dingen aus dem Herzen, darum wollte ich ihn Dir auch gleich schicken. Tragisch das Schicksal dieser wirklichen alten Genossen, die wie ich letzten Sonntag an Tante Lenchen•• in Frankfurt selbst feststellen konnte, nichts begreifen außer, daß für sie eine Welt zusammenstürzt – was uns eine große Chance zum Neubeginn gibt.

Sei lieb gedrückt. Dein Christian

• Helga Königsdorf (1938–2014) Mathematikerin, begann 1978 eine literarische Karriere. 1990: Adieu DDR (Protokolle) •• Tante Lenchens Mann wurde als Kommunist von den Nazis ermordet.

Berlin, 26. Februar 1990

Herzlichen Dank für Deinen Brief nebst Beitrag von Konrad Weiß•. Diese Spiegelnummer besitze ich selbst und muß mir nun überlegen, wem ich die Fotokopie zukommen lassen kann. Sigrid in Leipzig, Anita hat auch Interesse. Wir sind also wieder auf der gleichen Welle. Genau die richtigen Worte zum Heimatverlust. Ich habe es auch schon einmal aus den „Briefen an die BZ" gelesen. „Ich bleibe da und die DDR verläßt mich". So ähnlich lautete es.

Diese vier Artikel zur Übersiedlersituation waren sehr aufschlußreich. Einerseits finde ich wieder meine Einschätzung der Bundis bestätigt und andererseits erwärmt sich meine schwarze unerbittliche Seele am Schicksal der Abtrünnigen. Kein Gefühl habe ich für sie. Ich bedaure nur die Kinder. In den Massenunterkünften sammelt sich ‚Zündstoff', der zu einem Brand ausarten kann. Deutsche geraten aneinander, Zonis und Bundis.

Hier in der DDR werden Arbeitslosigkeit und Vermögensunterschiede zu Spannungen führen. Es wird attraktive Waren geben, und nur der Arbeitende kann sie sich leisten. Schöne Zeiten stehen uns bevor!

Ja wir wurden von Dummköpfen regiert. Das paßt nicht in die Wolfsgesellschaft. Modrow ist in meinen Augen ein Don Quichotte unserer Tage. Läßt von den alten Idealen, vom Traum der sozialistischen Gesellschaft nicht ab, ist und wird kein Wendehals.

Du wunderst Dich, daß unsere Künstler schweigen. Das hat etwas mit Sensibilität zu tun. Reif fiel auf Ungeborenes. Modrow erwähnte wiederholt die Begriffe „sensibel" und „behutsam". Kohl wird innerlich gegrient haben. Er ist doch ein Elefant, bar tiefer Gefühle. Aber seine Wahlchance steigt trotz seiner mächtigsten Wahlreklame, der Einverleibung der DDR, nicht. Ich glaube, er fällt trotzdem durch, und die naiven Dresdner schrien im Dezember auch noch „Helmut, Helmut hilf!" Das klingt wie „Samuel hilf!"••

• Konrad Weiß: Der Heimatverlust schmerzt. In: Der Spiegel, 8/1990
•• Hilfeschrei in der Oper „Der Freischütz" von Carl Maria von Weber.

Kannst Du mir nicht ein Land nennen, in das ich emigrieren könnte? Ich habe vom Deutschen, von den Teutonen genug und ihren ewigen schon chronischen Geschichtsfehlern. Es stinkt mich an.

Mercedes-Benz will Berlin gestalten, im Umkreis von 70 Kilometern nach seiner Neese. Und wir armen DDR-Bürger müssen uns das gefallen lassen. Wenn der Edelkommunist Modrow doch endlich von der Lektion „Kapitalismus" geheilt wäre. Mit den Vertretern und ihren Wolfsgesetzen läßt sich kein menschliches Problem behandeln. Nun weiß er es, wissen wir es alle, daß unsere sozialpolitischen Maßnahmen auf Kosten von Modernisierung, Wiederaufbau, Ökologie gingen. Alles läßt sich nicht machen, und der reiche Bruder hätte die Möglichkeiten dazu.

Bis zum 18.3. sind wir noch DDR-Bürger, dann hören wir um 24.00 Uhr letztmals (?) unsere gesungene Nationalhymne, und dann kommt die Beisetzung in aller Stille. Aber wir haben inzwischen Coke zu 3 Mark die Büchse und Büchsenbier, aufdringliche Imbißbuden mit doppeltem Preis, und unsere doofen Bürger koofen und mampfen. Es ist doch aus dem Westen. Und siehst Du, damit rechnet der ausgebuffte Kapitalist. Jetzt sieht man deutlich, daß die BRD viel Gemeinsames mit den USA hat. Die Politiker mögen zwar mitunter was Richtiges denken, sagen, fordern. Die wahre Macht ist das Kapital, sind die Geldgeber. Ehemalige Grundstückseigentümer tauchen auf und gebärden sich breitspurig. Da geht uns doch endgültig die Puste aus.

Der anfangs so positive Beginn in Leipzig hat sich nicht auf die DDR beschränkt, sondern schwappte über und wühlte ganz Europa auf. Jede Revolution (1789, 1917) hebt also doch die Welt aus den Angeln. Wie ich Dir schon mitteilte, bin ich am Montag gegen 15 Uhr bei Ingrid. Anita kommt später. Sie ist ab 1.3. auf ihrer neuen Stelle.

Ich war diese Woche zum Rentnertreff im Institut. Inge G. erzählte, daß ihre Enkeltochter in Westberlin sehr gut Fuß gefaßt habe. In der Nähe des Charlottenburger Schlosses erhielten sie eine komplett eingerichtete Wohnung mit Ofenheizung, die eine alte Dame wegen Einzug ins Seniorenheim aufgegeben hatte. Manche fallen immer wieder auf die Füße. Margots Sohn erhielt in der Otto-Grotewohl-Straße eine schöne Neubauwohnung. Dort hat sich sehr viel verändert.

Für heute muß ich schließen. Ich wünsche Dir, daß Du Dich mit dem Unabänderlichen abfindest. Es geht so vielen nicht anders. Hoffen wir, daß wir Gegenwart und Zukunft meistern können. Niemand möchte mit Namibia, Nicaragua, Äthiopien tauschen (nur als Beispiel genannt). Du gibst mir sicher Recht, wenn ich unser Oben oft mit Raubrittertum und Strauchdieberei bezeichnet habe. Diese Suppe müssen wir jetzt auslöffeln. Unsere Oberen waren ja so dumm, daß sie nicht wußten, wann sie aufhören mußten. Und Dummheit hat uns regiert und wahrlich intelligente Leute hinters Licht geführt. Selbst Strauß war leichtgläubig. Nun ist die DDR wie ein Kartenhaus zusammengestürzt. Was wird erhalten bleiben?

Wie schnell wird die D-Mark die Bürger hörig machen, demoralisieren? Ich glaube, daß die CSR den besseren Weg gewählt hat.

Gibt es nicht den wunderbaren Text von Vaclav Havel, der in der Paulskirche verlesen wurde? Ich möchte ihn gern haben. Das waren Töne, die man noch nie von einem Politiker gehört hat. Hast Du unlängst die beiden Gegenpole Steffi Spira und Beate Uhse bei Lea Rosh erlebt?

Vergiß nicht den 8. März! Öffne erst dann meine kleine Beilage zum 8.

Wie geht es Bettina und Deinem Dieter?

Alles Gute und viele herzliche Grüße von
Deiner/Eurer Alice

28.2.1990

In den ersten beiden Monaten des Jahres sind 170000 Bürger aus der DDR in die BRD übergesiedelt.

•

3.3.1990

Auf einer Kundgebung des DDR-Mieterbundes demonstrieren 2000 Menschen in Ost-Berlin gegen Mietwucher und Grundstücksspekulation.

•

7.3.1990

Die DDR-Volkskammer verabschiedet auf ihrer letzten Sitzung vor der Wahl einen Beschluß über die Grundlinien und Standpunkte einer Sozialcharta.

12.3.1990

Der „Runde Tisch“ tritt zu seiner letzten Sitzung zusammen. Minister Gerhard Poppe (Initiative für Frieden und Menschenrechte) erläutert den Entwurf einer neuen DDR-Verfassung.

•

14.3.1990

Der Vorsitzende des „Demokratischen Aufbruch“ Wolfgang Schnur tritt wegen seiner früheren Zusammenarbeit mit dem Staatssicherheitsdienst zurück.

•

18.3.1990

Erste freie Wahlen zur Volkskammer der DDR. Wahlbeteiligung 93,38 Prozent.

Ein Tag danach*, 19. März 1990

Art. 23: Kein Anschluß unter dieser Nummer! Nun werden wir doch einverleibt, ohne unsere Landesgrenzen überschritten zu haben. Aber wir haben nun einmal Esel gewählt und erhalten jetzt dafür einen Kohlkopf. Wir haben uns die Kohlsuppe selbst eingebrockt und müssen sie nun auslöffeln. Der Wahlsieg nach dem mit unfairen Mitteln geführten Wahlkampf macht nicht alle Bürger bei uns glücklich. Im Süden sicher die Mehrheit, hier jedoch nicht. Ich will nicht BRD-Bürgerin werden. Ich möchte mich von den BRD-Bürgern distanzieren, die sich hier unangenehm aufführen und eine Riesenunordnung hinterlassen. Noch nie sah ich den Alex wie am 18.3. Ein selbstgemachter Wahlslogan lautete: Wer laut schreit, hat nichts zu sagen. Aber trotzdem siegte die D-Mark. Unsere Leute sind doof, die darauf reinfallen. Für mich persönlich beginnt der soziale Abstieg. Danke!

Ich fühle mich wie nach der Eroberung durch Kolumbus. Entrechtet, bar der eigenen Meinung; die Indios begegneten Kolumbus mit naïver Zutraulichkeit. Ich habe mein Vertrauen verloren. Aber wir bringen keine marktwirtschaftlichen Werte ein, das ist der Unterschied zur BRD. Aber trotz Reichtum seid Ihr arm. An vielem. Schon Sokrates sagte „Es gibt so vieles, was ich nicht brauche.“ Für heute dies.

Es grüßt Euch herzlich Alice

* Erste freie Wahl in der DDR

Berlin, 25. März 1990

Das war's also erst mal – die historische Wahl mit dem unrühmlichen Ergebnis! –. und ich kann unmittelbar an Deinen letzten Brief anknüpfen, für den wir uns herzlich bedanken! Beigefügt ist ein Werbeblatt meiner Partei• – ich weiß nicht, welcher Muse sie diesen sinnigen Wahlspruch verdankt. Die Bildungspolitik allerdings läßt sich noch vertreten. Wie's aber jetzt aussieht, ist das Signal eindeutig auf „Rechtsbündigkeit" – Koalitionsbereitschaft bis hin zur DSU und Fusion mit den Liberalen zu einer letztlich vereinten FDP – gesetzt. Und da ist kein Wirkungsraum mehr für Linke wie mich: eine Austrittswelle steht bevor, die übrigens ganz im Sinne von Graf Otto•• & Co. ist. Unter all diesen Spannungen leidet auch das Zusammensein in der Partei, so daß mir der Abschied in spe nicht schwerfällt.

Mehr beschäftigt mich eine sinnvolle Alternative: Die linken Kräfte, die so große Verdienste in der revolutionären Umgestaltung und bei der Wahl so wenig Zuspruch erworben haben, haben zwar insgesamt meine größte Sympathie, aber einzeln genommen kann ich mich mit keiner Gruppierung voll identifizieren, und auch das politische Gerangele dort würde mich abstoßen. Viel mehr glaube ich, daß man sich jetzt in der Sozialarbeit nützlich machen kann: z. B. im neu gegründeten Kinderring e. V., der als Nachfolger der Pionierorganisation in Berlin entstanden ist – als Initiative des Runden Tisches, um all die Einrichtungen für Kinder zu erhalten und neue Freizeitzentren („Kinderläden") ähnlich wie in der BRD zu schaffen.

Wie es in der beruflichen Arbeit weitergeht, kann ich noch nicht sagen. Ziemlich wahrscheinlich ist der Zusammenschluß meines Instituts mit dem Westberliner Bundesinstitut für Berufsbildung, aber mit wieviel Seelen, weiß keiner. Ich habe jedenfalls kräftig an der Bildung einer Interessenvertretung der Mitarbeiter bei der Institutsleitung mitgewirkt – sechs gewählte

• Liberaldemokratische Partei Deutschlands, eine der sog. Blockparteien der DDR •• Otto Graf Lambsdorff (1926–2009) Deutscher Politiker (FDP)

Kollegen in einer Art Personalrat –, damit unser Schicksal wenigstens basisdemokratisch entschieden wird.

Übrigens, einen Abstecher nach Hamburg würde ich wohl allein unternehmen – mehr als die für Sommer geplante Englandreise werden wir zu Dritt nicht schaffen.

Herzlichst Sabine

Berlin, 1. April 1990

Dank Dir für Deinen Brief mit der interessanten Information zur Lesung „Deutschland Deutschland“ im Thalia-Theater.

Das Wahlergebnis unserer ersten und letzten freien Wahl der Volkskammer der DDR, so lange herbeigesehnt, ist über alle Maßen enttäuschend. „Diese Wahl macht den Kohl fetter“, hieß es in der Sonderwahlausgabe der „taz“, der größte Teil der DDR-Bevölkerung ohne Selbstbewußtsein und mit einer unbezwingbaren Gier nach Konsum. Von Tag zu Tag füllen sich die Regale der Geschäfte mit westlichen Waren (in der Kaufhalle gibt es jetzt sogar Senf aus Hamburg – ha, ha). Einzig die Berliner haben ganz vernünftig gewählt mit 34,95 % für die SPD und 18,36 % für die CDU, das läßt auf einen SPD-Sieg bei den Kommunalwahlen am 6. Mai hoffen, und so hätte wenigstens ganz Berlin eine SPD-Regierung.

„Daß auf eine Revolution eine Gegenbewegung folgt, ist, wie die Geschichte lehrt, nicht absonderlich, sondern normal. Aber daß der Revolution gleichsam von ihrem ersten Tage an die Gegenrevolution auf den Fersen ist, das ist ein Vorgang von typischer Deutschheit“ – wie zutreffend ist doch dieses Zitat von Carl von Ossietzky (März 1921).

Nun beginnt aber auch ein neues Kapitel der Vergangenheitsbewältigung in Bezug auf den Stalinismus. Ereignisse, über die niemand in den letzten 40 Jahren zu sprechen wagte, werden publik gemacht. Viele unschuldige Menschen mußten in den Lagern des NKWD ihr Leben lassen, darunter auch der große Schauspieler Heinrich George in dem Lager Sachsenhausen bei Berlin.

Diese und viele andere Dinge machen natürlich auch Großmutter zu schaffen, aber Du kannst sicher sein, daß ich ihr nach wie vor, soweit es in meinen Möglichkeiten steht, ob nun mit einem Telefonat, Brief oder Kurzbesuch zur Seite stehe.

Ansonsten nimmt mich meine Arbeit voll in Anspruch, zurzeit restauriere ich gerade einen 1,20 m hohen Kandelaber von

1890 aus dem Anatomischen Theater. Eine schöne Arbeit und zugleich ein guter Schlußpunkt meiner Denkmalpflegezeit, die ja nun endgültig mit der Auflösung meines Arbeitsvertrages am 30. Juni endet.

Für die Übergangszeit habe ich durch einen Freund von der Armee eine Stelle als Betreuer in einem Ferienlager der Reichsbahn vermittelt bekommen – im Juli in Seifhennersdorf in der Oberlausitz an der Grenze zur ČSSR. Arbeitsvertrag und Freifahrtschein erhalte ich Anfang Mai.

Aber erst mal komme ich ja im Mai zu Euch – „und det is' natürlich knorke"!

Es grüßt Dich ganz lieb Dein Christian

1.4.1990

Der Vorschlag der Bundesbank, bei der Währungsunion die Einkommen und Renten in der DDR im Verhältnis 2 : 1 und Sparguthaben bis 2000 Mark im Verhältnis 1 : 1 zu tauschen, stößt in der Bevölkerung und bei den Parteien auf massive Ablehnung.

Berlin, 2. April 1990

Ich bin heute in der Bibliothek ca. 2 Stunden allein und es ist, oh Wunder, nicht so viel Betrieb. Da ich es am Wochenende wieder nicht geschafft habe, an Dich zu schreiben, will ich versuchen, zwischen meiner Benutzertätigkeit schnell ein paar Zeilen zu schreiben.

Es sind seit unserem Wiedersehen einige Wochen vergangen, und es ist viel passiert. Das Wahlergebnis hat mich umgehauen. Ich bin traurig, mutlos und auch zornig. Ich hatte meinen Landsleuten etwas mehr Stolz und Würde zugetraut. Egon Bahr hat gesagt, daß die DDR-Bürger nicht mit dem Kopf, sondern mit dem Bauch abgestimmt haben. Man kann wirklich nicht stolz darauf sein, ein Deutscher zu sein.

Der vollgefressene Kanzler hat viel versprochen. Mit Speck fängt man Mäuse, und den Speck zieht er jetzt bereits wieder weg.

Ich weiß nicht, was sich viele Menschen so von der BRD erhofften. Eine starke Bürgerbewegung hätte uns gewiß geholfen, uns nicht zu BRD-Bedingungen schlucken zu lassen. Nun sind die Ängste noch größer. Jeden Tag machen sie uns mit dem Umtauschsatz verrückt. Es ist ja nicht so einfach sich vorzustellen, wie wir leben müssen, wenn unsere schon so niedrigen Löhne und Renten auch noch halbiert werden. Aber was soll man machen? Wir sitzen als Kaninchen vor der Schlange und warten, daß wir gefressen werden.

Ingrid habe ich nach unserem gemeinsamen schönen Abend auch nicht mehr gesehen. Sie mußte zum Computerlehrgang, und ich war vorige Woche bei Waldys Freundin in Hagen. Sie kann auch kaum noch laufen, ich habe also nicht viel gesehen, aber sie hat mich unheimlich verwöhnt. Jeden Tag mußte ich die feinsten Sachen essen, was mir natürlich nicht sonderlich schwergefallen ist. Jedenfalls hat sie sich über meinen Besuch sehr gefreut, und Freude und Freunde sind in dieser schlimmen Zeit sehr wichtig.

Wie geht es Dir? Hat die Arbeit beim Spiegel geklappt? Ich habe Dir so die Daumen gedrückt.

Nun aber mal was Schönes. Bei uns im Garten ist der Frühling eingezogen, alles blüht. Gestern habe ich in der Sonne gelegen und habe nicht einmal an meinen Liebling Kohl und den ganzen Kummer gedacht, nur daran, daß, wenn die Sonne scheint, das Leben wieder ganz anders aussieht. Mein Waldi hat im Garten gebuddelt, was ihm sehr gut tut.

Dein Buch• ist große Klasse, besonders der Beitrag von Biermann hat mir gefallen. Zur Hälfte habe ich es ausgelesen. Hätten die Menschen hier ein bißchen mehr auf solche Leute gehört, dann wäre die DDR vielleicht noch zu retten gewesen. Nun ist es vorbei, und das ist sehr, sehr traurig.

In der Hoffnung, bald wieder etwas von Dir zu hören, möchte ich meinen Brief beenden.

Es grüßen Dich Deine Freunde Anita und Walter

• Hubertus Knabe (Hg.): Aufbruch in eine andere DDR. Reinbek: Rowohlt 1990

Berlin, 5. April 1990

Tausend Dank für den Brief mit der großartigen Einlage•. Der Mann ist doppelt gut: Er hat die richtigen Vorstellungen und ist imstande, sie in wenigen Zeilen darzulegen. Die Lektüre ist ein intellektueller Genuß, aber gleichzeitig verstärkt sie den eigenen großen Kummer.

In der Nacht nach der hiesigen Wahl konnte ich mit dem entsetzlichen Ergebnis nur dadurch einigermaßen fertig werden, daß ich mir zur Beruhigung erst einmal ausmalte, ich könnte ja aus dem kommenden 4. Reich nach Dänemark oder Frankreich emigrieren (meine Freundin aus K. schrieb, sie hätte unabhängig von mir sogar an Kuba gedacht – na, bei dem dortigen natürlichen Klima gehen Herzkranke ja ein). Das sind zwar auch bloß kapitalistische Länder, aber weniger chauvinistisch. Inzwischen mußte ich diese Hilfskonstruktion und Einschlaf-Hilfe wegen Undurchführbarkeit ad acta legen, und die Verzweiflung schlug mich buchstäblich zu Boden, d. h., ich leide jetzt an Ohnmächtigkeiten. Bisher überfallen sie mich nur in der Wohnung (wie gescheit von meinem Steuerungssystem!), und so hoffe ich, auch dieser seltsamen Erscheinung recht bald Herr zu werden. [↘d]

Herr de Maizière••, der ja unfähig war, auch nur eine einzige Wahlversammlung alleine durchzustehen und uns seinen Parteifreund Pieroth•••, diesen mutmaßlichen Weinpanscher, schon vor der Wahl als Wirtschaftsminister vorstellte, wird sich nicht einmal bemühen, den bundesdeutschen Machenschaften etwas entgegenzusetzen. Er ist als Ferngesteuerter in den Wahlkampf gegangen und wird ferngesteuert sein und bleiben. Und die SPD geht mit ihm eine Koalition ein, statt ohne Wimpernzucken die Rolle der Opposition einzunehmen und darauf zu vertrauen, daß es hierzulande noch immer genug linke Kräfte gibt, die fähig und bereit sind, für Positiva

• Walter Boehlich: Deutschland erwacht. In. Der Spiegel, 11/1990
•• Lothar de Maizière (1940) Jurist, erster demokratisch gewählter und zugleich letzter Ministerpräsident (CDU) der DDR ••• Elmar Pieroth (1934–2018) CDU-Politiker, der 1985 in den Glycol-Wein-skandal des familieneigenen Unternehmens involviert war.

auf die Straße zu gehen und so den Druck auf die (zu 50% ja bestimmt unsäglichen, weil reaktionären) Parlamentarier auszuüben. Sogar ein Teil der Rattenfänger-Mitläufer würde nun dabei mittun. Diesen Kurzsichtigen und Leichtgläubigen wird jetzt einiges klar, obwohl sie hätten erkennen können, daß im November in Dresden dies, im Februar in Bonn das erklärt wurde, und dies alles auf offizieller Ebene und nicht im schaumschlägerischen Wahlkampf! Nun, wir werden hier ein Sklavenland der bundesdeutschen Banken und Konzerne; „Heimatvertriebene" und REPs werden sich an der Oder und im Erzgebirge ansammeln und ansiedeln und sich, gut bezahlt von Obigen, mächtig mausig machen. Und die hiesigen Linken werden per Berufsverbot und dergleichen kräftig verfolgt werden.

Thomas Langhoff••• hat neulich in einem Interview freimütig gestanden, er rechne für die hiesigen Theater, die hiesige Kultur und für sich selber mit Schlimmem, aber weder das, was bisher geschah, noch das, was geschehen wird, sei imstande, seine Ideale zu beschädigen. Nun, das ist richtig, trifft auch auf mich zu, aber ein Kampf ohne eine Hoffnung auf irgendeine Besserung, ein Kampf ohne alle Lichtblicke ist zermürbend und krankmachend. Aber solange man noch atmet, muß man tun, was man kann – und malen und zeichnen kann ich unter solchen Umständen natürlich nicht.

Stattdessen schreibe ich an alle Zeitungen am laufenden Band Leserbriefe zwecks Aufklärung – aber natürlich werde ich nicht gedruckt und muß mich mit dem Gedanken trösten, die Schwarzen geärgert und die Rot-Lila-Grünen erfreut zu haben. Von letzteren bekomme ich sogar Dankschreiben und die Bitte, mich auch weiterhin zu melden. Vor mir selbst bezeichne ich diese Aktionen nur als vorbeugende Therapie gegen das Wahnsinnig-Werden. Wahrscheinlich ist dieses Urteil sogar zutreffend.

••• Thomas Langhoff (1938–2012) Schauspieler, Regisseur, 1991–2001 Intendant des Deutschen Theaters Berlin

Sei lieb gegrüßt und schreib bald wieder!
Deine alte, betripste Gertraud

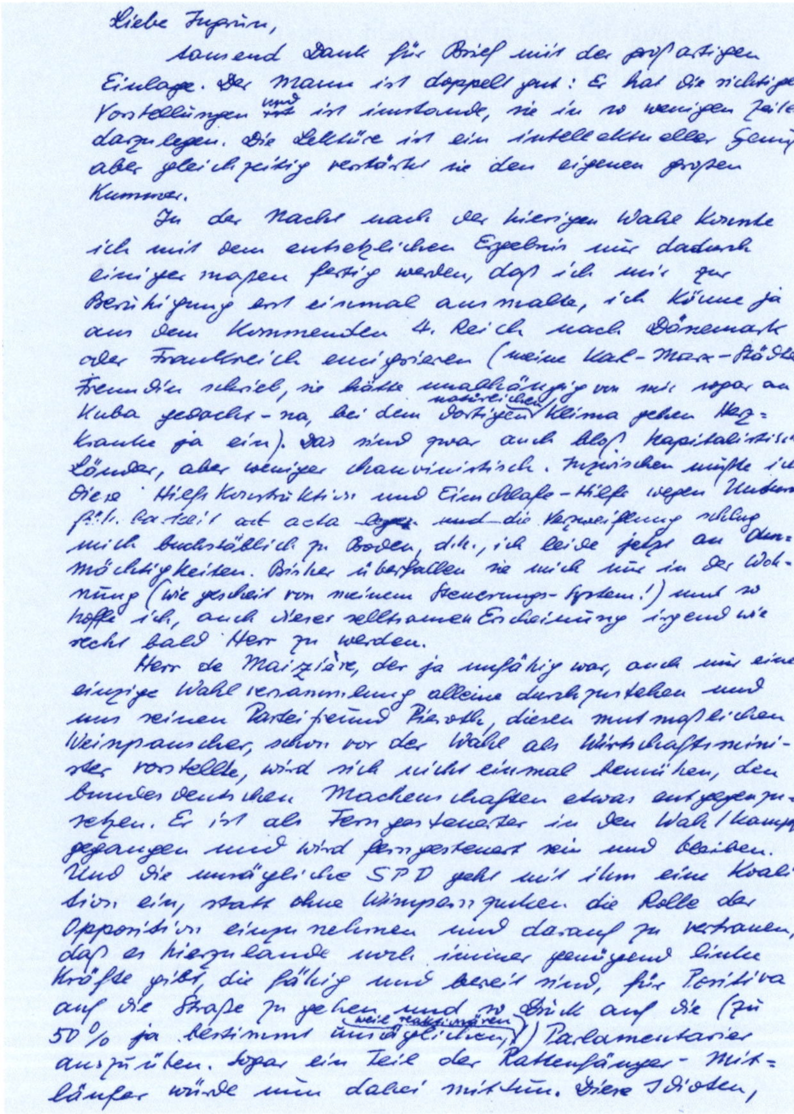

Liebe Ingrim,

tausend Dank für Brief mit der großartigen Einlage. Der Mann ist doppelt gut: Er hat die richtigen Vorstellungen und ist imstande, sie in so wenigen Zeilen darzulegen. Die Lektüre ist ein intellektueller Genuß, aber gleichzeitig verstärkte sie den eigenen großen Kummer.

In der Nacht nach der hiesigen Wahl konnte ich mit dem entsetzlichen Ergebnis nur dadurch einigermaßen fertig werden, daß ich mir zur Beruhigung erst einmal ausmalte, ich könne ja aus dem kommenden 4. Reich nach Dänemark oder Frankreich emigrieren (meine Karl-Marx-Städter Freundin schrieb, sie hätte unabhängig von mir sogar an Kuba gedacht – na, bei dem natürlichen dortigen Klima gehen Herzkranke ja ein). Das sind zwar auch bloß kapitalistische Länder, aber weniger chauvinistisch. Inzwischen mußte ich diese Hilfskonstruktion und Einschlafe-Hilfe wegen Unbrauchbarkeit ad acta ~~legen~~ und die Verzweiflung schlug mich buchstäblich zu Boden, d.h., ich leide jetzt an Ohnmächtigkeiten. Bisher überfallen sie mich nur in der Wohnung (wie gescheit von meinem Steuerungs-System!) und so hoffe ich, auch dieser seltsamen Erscheinung irgendwie recht bald Herr zu werden.

Herr de Maizière, der ja unfähig war, auch nur eine einzige Wahlversammlung alleine durchzustehen und nur seinen Parteifreund Pieroth, diesen mutmaßlichen Weinpanscher, schon vor der Wahl als Wirtschaftsminister vorstellte, wird sich nicht einmal bemühen, den bundesdeutschen Machenschaften etwas entgegenzusetzen. Er ist als Ferngesteuerter in den Wahlkampf gegangen und wird ferngesteuert sein und bleiben. Und die unmögliche SPD geht mit ihm eine Koalition ein, statt ohne Wimpernzucken die Rolle der Opposition einzunehmen und darauf zu vertrauen, daß es hierzulande wohl immer genügend linke Kräfte gibt, die fähig und bereit sind, für Positiva auf die Straße zu gehen und so Druck auf die (zu 50 % ja bestimmt unmöglichen, weil reaktionären!) Parlamentarier auszuüben. Sogar ein Teil der Rattenfänger-Mitläufer würde nun dabei mittun. Diese Idioten,

[↘d] Brief von Gertraud vom 5.4.1990

Berlin, 5. April 1990

In einer Stunde geht im Lustgarten eine Demo gegen 2:1 über die Bühne. Ich würde so denken: in der DDR sind Löhne und Gehälter grob überschlagen 1:3, d. h. dreimal niedriger als bei Euch. Wenn dieselben über einen längeren Zeitraum 1:1 ausgezahlt und alles übrige noch nicht ansteigen würde, dann wäre das doch eine wunderbare Sache. Euer Geld hat eine größere Kaufkraft, aber alles, was nicht sichtbar ins Auge fällt, ist sehr teuer. Mit steigender Arbeitsproduktivität, die unbedingt erfolgen muß, könnten auch andere Seiten der Medaille angehoben werden. Allmählich - nach Jahren - Euch einholen. Was soll ein ruiniertes Bettelvolk ohne Kaufkraft? Das schadet doch auch Euch. Außerdem macht es das Volk aggressiv. Warum das? Ein voller Magen ist nicht aggressiv.

Herzlichen Gruß Alice

5.4.1990

Die Ärztin Sabine Bergmann-Pohl, CDU/DDR, wird zur Präsidentin der Volkskammer gewählt. Am 9. April übernimmt sie von Manfred Gerlach die Geschäfte als amtierende Staatsratsvorsitzende. Massendemonstrationen gegen Währungsumstellung 2:1.

•

12.4.1990

Die Volkskammer wählt Lothar de Maizière, CDU/DDR, zum Ministerpräsidenten sowie seine Koalitionsregierung bestehend aus 23 Ministern von CDU, DA, DSU. SPD und Liberalen.

•

17.4.1990

Das Präsidium der Volkskammer bestätigt die Nichtzulassung der Partei „Die Republikaner“ zu den Kommunalwahlen.

Berlin, 8. April 1990

Sonntagmorgen

Zwei Wochen liegt der Brief von Dir auf dem Tisch, damit er schnell beantwortet werden sollte. Heute nun zwinge ich mich zur Antwort, denn wenigstens zum schönen Osterfest sollst Du etwas von mir hören. Vielen Dank für Deine Post.

Im Nachhinein bin ich für Dich ganz froh, daß Du nicht beim Spiegel arbeiten wirst. Deine Haut ist noch zu dünn für solche Unternehmungen, aber ich denke, wir alle müssen lernen – sofern diese Leute uns aufnehmen – bei ihnen zu arbeiten. Wichtig, weil wir unsere Gesinnung mit einbringen. Nicht vordergründig, wie es in vergangener Zeit gefordert wurde, sondern in unserer Haltung zum Leben und unsere Lebensweise überhaupt. Wir werden es schwer haben – alle, die so denken wie Du und ich.

Über die Vorgänge in „unserem" Land brauche ich nichts zu schreiben. Meine Gefühle zu diesen Vorgängen zu schildern ist schwer. Über das Wahlergebnis waren wir alle in meiner Familie entsetzt. Spätestens am Freitag vor der Wahl war mir klar, wie sie ausgehen wird. An diesem Tag sprach mich in Karlshorst ein Mann aus Dresden an und brachte seine Entrüstung zum Ausdruck, wie viele PDS-Plakate in Berlin angebracht seien. Er beschwor mich förmlich, diese Partei nicht zu wählen. Ich möchte diesem Mann nicht unterstellen, daß er eigens dafür ausgeschickt war, Stimmung gegen Links zu machen, aber er benahm sich so. Er erinnerte mich an Mephisto in Faust. Am nächsten Tag war ich krank, mein Herz machte Sperenzchen.

Am Wahltag bin ich dann zu meinen Eltern gefahren. Der kleine Bahnhof außerhalb der Stadt war mit grün-weißen Fahnen und mit schwarz-rot-goldenen geschmückt. Der Weg zum Haus meiner Eltern führt durch ländliches Gefilde. Die Bauernhäuser ebenso wie der Bahnhof geschmückt, die Fenster mit DSU•-Plakaten beklebt. Mich schauderte. Mein Vater

• DSU Deutsche Soziale Union. Rechtskonservative Partei gegründet im Januar 1990 in Leipzig

erzählte mir auf dem Heimweg, wie die Nachbarn sie für die DSU geworben hätten. Mein Vater meinte auch, es käme nichts Gescheites bei der Wahl 'raus. Das Gespräch führten wir kurz vor 18.00 Uhr. Als dann nach 18.00 Uhr die Prognose oder Trendrechnung gezeigt wurde, waren meine Eltern und ich doch vom Blitz getroffen.

Am nächsten Tag habe ich mit mehreren Leuten über das Wahlergebnis und über ihre Haltungen dazu gesprochen. Die Ursache liegt eben auch in den Benachteiligungen, die der Süden hinnehmen mußte, begründet. Das sächsische Gebiet, ehemals Hochburgen der Arbeiterbewegung, ist so verfallen, wie Du es Dir schwer vorstellen kannst. Vor ein paar Jahren, als ich meine Eltern längere Zeit besuchte, hatte ich Wege in den alten Stadtteilen zu erledigen. Damals habe ich fast geweint, als ich die Dürftigkeit der Häuser – eigentlich den Zerfall ganzer Straßenzüge – sah. Ebenso sieht es in Merane, Crimmitschau, K.-M.-Stadt aus. Der Kaßberg im ehemaligen Chemnitz gehörte zum vornehmsten Teil der Stadt. Vor ein paar Jahren haben wir dort Verwandte besucht. Der Anblick dieses Viertels hat uns viele Tage sehr bewegt. Vom Anblick der Geschäftsauslagen abgesehen, war das Warenangebot – vor allem bei Obst und Gemüse – mehr als dürftig.

Über Leipzig möchte ich jetzt nichts äußern oder nur so viel: als wir vor zwei Jahren bei Eberhards Sohn eingeladen waren – er wohnt mit seiner Familie in Lindenau, das ist ein um die Jahrhundertwende erbautes Stadtgebiet, das gleichzeitig viel Industrie beherbergt (also Arbeiterviertel) – konnte ich mich lange nicht fassen. Von da an begann mein innerer Widerstand gegen das bestehende Regime.

In diese Städte und ländlichen Gegenden reisten die Herren aus Bonn und hatten es leicht, bei den schlicht denkenden Menschen ihren Hebel anzusetzen. Ich war erschüttert darüber, daß sich meine Gesprächspartner nicht dessen bewußt waren, was sie mit ihrer Entscheidung angerichtet hatten. Durch diese unverschämten Diskussionen ums Geld soll die Stimmung der Leute getrübt sein. Ich finde keine Worte, mit welcher Brutalität über das Leben von uns gesprochen wird. Ohne Geld kann man ja nicht leben, nicht wahr? Immer wieder ist das Volk manipulierbar – in der kommenden Woche, in der Karwoche, wird es uns wieder deutlich vor Augen geführt. Ein Menschheitsproblem. Wie in einem Weltbühnenartikel zu lesen ist, meint der Verfasser, daß der Sozialismus nun wohl als Gesellschaftsordnung keinen Einfluß mehr haben wird, aber die Sozialisten noch viel tun können, vor allem auf die Verteilung des Profits einwirken können. Wir werden sehen. Die SPD verhält sich eben gerade jetzt wieder wie eh und je. Die Stasivergangenheit wird uns wohl auch noch lange beschäftigen, dieses schaurige Kapitel unserer Geschichte.

Sorgen macht mir Jürgen mit seinen Ängsten. Die Prüfungsängste sind groß, und nun kommen noch die Ängste hinzu, ob er in zwei Jahren eine Anstellung finden wird. Westliche Absolventen drängen auf das Gebiet der DDR, und sie sind zahlungsfähig. Er spricht immer mal von Aufhören. Dabei wird mir ganz schlecht. Seit 1982 arbeitet er hart für den Arztberuf. Der ehemals heitere Junge ist jetzt depressiv. So eine Haltung wirkt sich auch auf den Studienverlauf aus. Vorige Woche hat er wieder ein Fach gut abgeschlossen. Leider, so muß ich sagen, hat er einen Schlag meines Wesens bekommen. Nicht immer gelingt es, aber meistens kann ich mit meinen Ängsten umgehen. Hat nicht die ganze Menschheit Angst?

Alles was auf uns zukommt, das macht mir komischerweise nicht Angst. Es wird schwer werden – aber das Vergangene war alles andere als leicht.

Beim nochmaligen Durchlesen des Briefes merke ich doch meine Zerrissenheit. Um das Geld mache ich mir nicht viel Sorgen, das meine ich mit „keine Angst vor dem Kommenden", aber vereinnahmt möchte ich nicht werden. Aber, wie schon erwähnt, wir müssen unsere Gefühle, Haltungen einbringen, vielleicht entsteht etwas Neues.

Nun möchte ich mich ganz lieb von Dir verabschieden. Deiner Familie und Dir wünsche ich ein heiteres Osterfest!

Mit vielen lieben Grüßen auch von Eberhard
Deine Ingrid

Berlin, 12. April 1990

... Hier geht die Revolution ihren Weg, ohne Guillotine, das ist aber auch das einzige, das fehlt. Dafür kommen jetzt die Kaisers und Reichels. AEG und Bosch und wie sie alle heißen, und wir stehen etwas hilflos vor den Regalen. – Der Sieg von CDU/DSU hat manche überrascht, aber sie waren die einzigen, die die Realität der Volksseele über politische Träume gestellt hatten. Zur Hälfte, aber eben höchstens zur Hälfte, war es der Drang zur DM, der das Volk beseelte. Schlimmer für viele aber waren das Chaos und die Ziellosigkeit. Kaum zu sagen, wie zermürbend solch ein Zustand ist. Und die Formel im Wahlslogan: „Ohne Wenn und Aber“ hat genau diesen Nerv getroffen, denn alle anderen blieben beim „Ja – aber ...“. Ich habe nicht CDU gewählt, aber ich denke schon, daß die Eindeutigkeit der Entscheidung in der gegenwärtigen Situation ein Glück war. Wieder einmal bedaure ich, kein Tagebuch zu führen, denn die Erinnerung trügt, schon nach kurzer Zeit, zumal was die Beschreibung unserer Gefühle angeht. Gestern habe ich ein Buch gelesen, eine Dokumentation von Presseausschnitten „100 Tage, die die DDR erschütterten“• – alles stimmt, aber das Wesentliche war ganz anders. Hoffen wir auf die Schriftsteller, daß sie unser Fühlen für zukünftige Generationen bewahren mögen. Vielleicht gelingt es einem unter ihnen.

Noch arbeiten wir fleißig weiter, auch am Thesaurus. Eine Weiterbildungsdatenbank, die ich Anfang Dezember angelegt hatte, soll jetzt mit Tempo aufgebaut werden. Ich fürchte freilich, die Entscheidung kam zu spät. In vier Wochen werden wir unsere Zukunft sicherlich genauer abschätzen können; seit heute haben wir ja einen neuen Minister. Arbeitslosigkeit vor Augen und den Hauch der Armut, wollen wir dennoch ein wenig mittanzen.

So hatten wir kürzlich zu Inges 60. Geburtstag für zwei Tage hier in der Nähe ein Heim gemietet und eine unserer schönsten

• Frank Schumann (Hg.): 100 Tage, die die DDR erschütterten. Berlin: Verlag Neues Leben 1990.

Großfeten gefeiert. Und zur Krönung des Ereignisses fahren wir Ende Mai/Anfang Juni in ein Ferienhaus an der dänischen Nordsee, sozusagen Erfüllung eines Lebenstraumes, nun also doch. – Thomas heiratet im Mai, Hochzeitsreise nach England. Mathias promoviert im Juni und geht im Herbst nach USA, zunächst für ein Jahr, vielleicht dann mit Familie auch länger. The show must go on – und das Leben auch.

Aus dem Fenster sehe ich auf zwei große fremdländische Kirschbäume, die über und über in Blüte stehen in einem herrlichen Rot. Morgen in der Frühe werden wir zur Osterfahrt nach Plauen starten.

Ein frohes Fest und alles Schöne
Heinz

Berlin, 13. April 1990

Vorgestern kam Dein lieber Brief, für den wir uns ganz herzlich bei Dir bedanken möchten. Er war eine richtige Wohltat. Man merkt eben doch, daß Dein Herz zu einem großen Teil mit den Menschen hier verbunden ist.

Der Artikel (Walter Boehlich: Deutschland erwacht. (In: Der Spiegel, 11/1990), den Du mitgeschickt hat, hat uns sehr beeindruckt. Der Mann hat mich sehr beeindruckt. Ich bin kein Poet und auch kein Politiker, aber alles was ich empfinde und fühle, ist dort ausgedrückt. Wenn es Dir nichts ausmacht, mir ist so, als hättest Du gesagt, daß ihr ein Kopiergerät zu Hause habt, würde ich den Artikel noch einmal haben. Die Briefe, die ich von meinen Verwandten aus Westdeutschland bekomme, werden immer bescheuerter, so daß ich mich immer mächtig darüber ärgere. Vielleicht ist soviel Unkenntnis auch normal, wenn man schön im Trockenen sitzt und die Ereignisse in der DDR wie einen Fortsetzungskrimi verfolgt. Ich weiß es nicht. Manchmal denke ich, wir werden hier überempfindlich und reagieren auch so. Ich könnte beinah so wie Alice eingeschätzt werden. Ich bin so voller Wut und auch Trauer, wir sind so ausgeliefert. Diese unsere neue Regierung reißt mich wahrlich nicht vom Hocker, und ich erwarte nichts Gutes, das meine ich nicht nur in finanzieller Hinsicht. Du weißt ja, daß in meinem Bekanntenkreis alle genau so denken. Maureen sagte mir, alle ihre Freunde hätten ebenfalls Bündnis 90 gewählt. Leider sind es viel zu wenig, die sich einen Kopf über ihren Freßnapf hinweg machen.

Jeden Morgen, wenn ich zur Arbeit fahre, wird der Zug in Lichtenberg unerträglich voll. Die Polen rücken an. Bestimmt sind eine Menge Händler dabei, aber man sieht auch ganz Arme, Frauen mit kleinen Kindern, die hoffen, ein paar Mark zu ergattern. Was ich sonst noch aus Polen höre, ist viel schlimmer als das, was bei uns passiert. Der Bahnhof Lichtenberg ist ebenfalls zum Asyl für viele obdachlose Rumänen geworden. Sie wohnen und schlafen auf dem Bahnhof, weil sie auf keinen Fall in ihr Land zurückwollen oder -können. In der Zeitung steht, daß die Polizei diesem Drama völlig hilflos gegenübersteht. Es ist sehr traurig, wenn man bedenkt, daß diese Menschen nur das besitzen, was sie bei sich tragen. Wenn ich ganz traurig bin, versuche ich mich damit zu trösten, daß es so viel Traurigeres gibt.

Was Du über Deine Besucherwelle schreibst, ist mir völlig verständlich. Du hast ja auch einen langen Arbeitstag. Über uns brauchst Du Dir keine Gedanken zu machen, wir können warten. Es läuft ja nicht weg. Wenn Du vielleicht doch einen Halbtagsjob finden solltest, ist es leichter. Wir sind uns auch so sehr nah, das merke ich mit jedem Brief und ich warte immer auf Deine Post, weil ich weiß, daß es ein echter Gedankenaustausch ist und daß ich hier nicht meine Zeit vergeude. Mein Alltag in der neuen Stelle ist auch nicht so einfach. Jetzt merke ich erst, wie gut die Hausarbeitstage• waren. Wir haben es anderen Frauen gegenüber viele Jahre gut gehabt. Ich würde viel lieber ganz wenig Geld haben und ganz viel Zeit für meinen Waldi.

Im Institut soll es langsam unerträglich werden, der Ellenbogenkampf ums Überleben setzt ein. Ich bin froh, daß ich das alles aus der Ferne beobachten kann.

Jetzt lese ich ein neues Buch von Isabell Allende „Eva Luna". Du mußt mal bei Euch sehen, es kann ja in der Paperback-Ausgabe nicht so teuer sein. Ich habe ca. 50 Seiten gelesen und bin wieder begeistert.

Morgen gehe ich Ingrid besuchen. Sie ist auch sehr unglücklich im Institut. Sie sagte mir, daß sie sich mit niemandem mehr unterhält. Wenn sie ihre Meinung sagt, wird ihr unterstellt, sie möchte die alten Zustände wiederhaben. Ich verstehe das alles nicht. Das eine hat doch gar nichts mit dem anderen zu tun. Ich möchte auf keinen Fall wieder zum Sklaven einer Partei werden, und wenn ich daran denke, wie unglück-

• Homeoffice in der DDR, was vor allem den Frauen, die hauptsächlich fürs Familienmanagement zuständig waren, durch Wegfall des Weges zum Arbeitsplatz viel Zeit ersparte.

lich ich war, daß man gar nichts sagen konnte und ein paar Idioten für sich in Anspruch genommen haben, immer recht zu haben, dann überkommt mich noch heute das große Kotzen. Aber trotzdem finde ich nicht gut, was so auf uns zukommt. Vielleicht löst eine Intoleranz nur die andere ab. Nach Artikel 23 des Grundgesetzes einfach geschluckt zu werden, nur damit in absehbarer Zeit der Tisch reich gedeckt. ist, das ist mir zu wenig.

Nun gehe ich meine Ingrid trösten, oder besser gesagt, wir werden uns beide trösten.

Es grüßen Dich und Deine Lieben ganz herzlich
Deine Anita und Walter

P.S. Wir warten auf Deinen Anruf aus Frankfurt (Oder)

Berlin, 21. April 1990

Ein schneller Gruß mit herzlichem Dank für Deinen Brief samt sehr interessanter Einlage und Deine freundliche Einladung im schönen Monat Mai!

Trotz des netten Angebots schon vor Himmelfahrt kann ich mir in diesen super stressigen Zeiten doch nur ein rundes Wochenende leisten. Ich würde also Freitag (25.5.) in Hamburg eintreffen und Sonntag wieder zurückkehren. Wäre das machbar?

Bis bald
Sabine

Frankfurt (Oder), 23. April 1990

Am 20.4. schon wieder ein Brief aus HH. Ich betone: schon, weil ich mich doch arg schämen muß. In diesem Jahr habe ich mich, glaube ich, noch nicht zu einem Brief aufraffen können. Ich kann es selbst nicht verstehen, daß mich all das Geschehen, dieses Hin und Her so umhaut. Die Sorge um die DDR und ihre Menschen, daß wir völlig ausgeliefert sind und überrollt werden, untergebuttert werden, nichts zu sagen haben, stillhalten müssen, die Rechnung zu bezahlen haben. Man läßt uns ja keine Zeit zu ruhigem, klarem Nachdenken. Wenn es auch mich persönlich nicht mehr betrifft, beeindruckt mich doch, welche Ängste die Menschen haben um ihren Arbeitsplatz vor allem. Sven fürchtet auch, nach einem Jahr Abwesenheit• „ohne" dazustehen. Sein Vetter Frank ist nach Göttingen gegangen und hat Wohnung und Arbeit. Frau und Kind (5 J.) sind noch hier. Sie will ihr Fernstudium im Oktober noch abschließen.

Wie wohl alles weitergehen mag, das geht mir ständig durch den Kopf. Bring mir doch mal den Janka•• mit, möchte ihn lesen. Also bis Freitag – nachts um ½ 12 auf der Friedrich-Hegel-Straat!

Ganz liebe Grüße an alle! Deine Mutter

• nach Ableistung des Grundwehrdienstes •• Walter Janka. Schwierigkeiten mit der Wahrheit. Rowohlt, Reinbek bei Hamburg 1989

24.4.1990

Arbeitstreffen zwischen Helmut Kohl und Lothar de Maizière. Die Wirtschafts-, Währungs- und Sozialunion wird für den 2. Juli 1990 avisiert.

•

26.4.1990

Die Mehrzahl der Volkskammerabgeordneten lehnt eine neue Verfassung für die DDR ab.

Berlin, 28. April 1990

Dein ausführlicher Bericht über Euren wohldurchdachten und gut organisierten Ostermarsch hat mich ein wenig getröstet insofern, als diese Aktion zeigt, daß es auch in der BRD einige Menschen gibt, die nicht nur politisch denken, sondern sogar zu handeln bereit sind und es recht gekonnt (siehe Lautsprecherwagen) tun. Allerdings gebe ich mich über die Reaktionen der eigentlichen Adressaten keinen Illusionen hin. Für sie sind diese Ostermärsche inzwischen nichts weiter, als temporäre Ärgernisse, mit denen jedes Jahr einmal zu rechnen ist. Anders sähe es schon aus, wenn es Euch einfiele, Samstag für Samstag wieder und wieder auf die Straße zu gehen, witzige, freche, drastische Plakate mitzuführen und zwischendurch Sprechchöre loszulassen. Dann wären Polizei und Bundesverfassungsschutz mächtig im Einsatz – und mit welchen Folgen? Ihr bekämt allerhand Schwierigkeiten. Bei uns hatten die ersten Akteure die Schwierigkeiten allesamt schon hinter sich und gingen unverzagt aufs Ganze. Sie haben dabei auch ihr Leben gewagt, auch die Herren der Kirche, denn keiner wußte, wie es sich entwickeln würde.

Mir hat es natürlich gutgetan, daß Ihr sogar an uns gedacht habt und an die polnische Westgrenze. Ach, wenn bei uns jetzt nicht alle Welt röhrenförmigen Rapport aufs Geld hätte, müßte hier unentwegt gegen Artikel 23 und für Artikel 146 demonstriert werden. Wenn diese neue Regierung allerdings, wie bereits vor den Wahlen angekündigt, gegen das noch von der Modrow-Regierung verabschiedete Gewerkschaftsgesetz angeht (es enthält das Verbot von Aussperrungen) wird es wohl wieder Demos geben. Allerdings: der hervorragende Innenminister Diestel• hat bereits verkündet, daß ab sofort nicht mehr jeder Mann für jede Sache demonstrieren dürfe! Ha! – Nun, unter dieser Regierung, die eben den Verfassungsentwurf des zentralen Runden Tisches hinwegfegte, wird die DDR eine bundesdeutsche Neo-Kolonie. So, wie im vorigen Jahrhundert

• Peter Michael Diestel: In der ersten frei gewählten und letzten DDR-Regierung Innenminister (CDU/DSU)

die Steuerzahler die Kolonie-Bildung mitbezahlen mußten (Schiffe, Mannschaften, Militär usw.), so werden Eure Steuergelder zur Kolonialisierung der DDR, vornehm Hilfe genannt, mitverwendet. Wir sind völlig verloren. Der „Aufbruch in eine andere DDR" findet nicht statt. Alles, was in dem Rowohlt-Bändchen steht, ist bereits überholt.

Natürlich verdanken wir das der Dämlichkeit der DDR-Bevölkerung, d. h., ihrer Mehrheit. Modrow und Luft** hatten, genau wie die Autoren von „Aufbruch in eine andere DDR" gute Vorstellungen, und die Wirtschaftskommission dieser Übergangsregierung hatte schon gescheite, in Tag- und Nachtarbeit erarbeitete Pläne für eine Wirtschaftsreform und die daran anschließende Wirtschafts- und Währungsgemeinschaft, die sich erst hätte konsolidieren müssen, ehe an eine Vereinigung zu gehen gewesen wäre. „Das Volk" hat nichts begriffen, NICHTS! Ich mache dafür ganz wesentlich die inzwischen Davongejagten verantwortlich, denn wenn Staatsbürgerkunde wirklich Unterrichtung über staatsbürgerliche und wirtschaftspolitische Fragen gewesen wäre, hätten die Leute ein wenig verstanden, worum es geht.

Weil sie keinen Schimmer davon haben, welche Bedeutung eine Verfassung für jedermann hat, war es ihnen piepegal, daß die „Allianz" und die Liberalen bereits vor den Volkskammerwahlen für eine Einsackung der DDR nach Artikel 23 Eures Grundgesetzes plädierten. Sie kündigten auch die Annullierung des Gewerkschaftsgesetzes an. Und TROTZDEM hat ein beträchtlicher Teil der Gewerkschafter diese Parteien gewählt.

Hier gehen jetzt die Bauern laufend auf die Straße. Diese Dösköppe, sie haben ja fast alle CDU gewählt. Nein, ich könnte sie verdreschen, diese besoffen Gewesenen! Nun wachen sie auf, aber es ist zu spät. – Was übrigens die Besoffenheit betrifft: sie wurden ja zielgerichtet besoffen gemacht, und insofern ist diese „freie" Wahl zwar juristisch legitim, moralisch aber äußerst anfechtbar. Es war Manipulation im Spiele und

** Christa Luft: Vorsitzende des Ministerrates und Wirtschaftsministerin der DDR in der Modrow-Regierung (SED/PDS)

mir ist vollkommen schleierhaft, wie ein angeblich integrer Mann wie de Maizière so etwas aktiv mitmachen konnte. Im Übrigen mag der Mann ja ein guter Bratsche-Spieler und tüchtiger Rechtsanwalt sein, ein politischer Kopf ist er gewiß nicht. Einmal wegen seines „schlechten Riechers" für die geeigneten Mitstreiter, zum anderen weil er sich in seiner mit Wohlwollen aufgenommenen Regierungserklärung insofern selbst widerspricht, als manche Überlegungen – die mit dem meisten Wohlwollen bedachten – angesichts Artikel 23 nicht in die Tat umgesetzt werden können ... und DIESEN Artikel läßt er nicht fahren, dafür hat seine Partei schließlich Wahlhilfegelder erhalten.

Mit der Volkskammerpräsidentin••• ist auch nicht gerade Staat zu machen. Auf die Frage eines ND-Reporters nach einigen Lebensdaten gab sie als erstes folgendes von sich: „Ich bin nicht 44 Jahre alt, wie alle behaupten, sondern erst 43." Kommentar überflüssig.

Weil die Damen und Herren Christen anfangs dauernd mit Gott nur so um sich schmissen, schrieb ich der Dame kurzerhand, daß die schlichten Gläubigen im Lande es von peinlich über unbedacht bis blasphemisch finden, das SEIN Name auf der politischen Bühne ständig unnütz im Munde geführt wird. Die Glossen der linken Journalisten mögen das ihre dazu beigetragen haben, daß DER HERR nun weitgehend aus dem Spiele bleibt. Interessanterweise haben es Bischöfe und andere Geistliche in den zahlreichen Presse- und Fernseh-Interviews stets vermieden, Gott zu erwähnen. Klug und sachlich wiesen sie lediglich auf das Evangelium hin und einige selbständig denkende Köpfe gestanden sogar, daß etliche Forderungen des Evangeliums durchaus mit marxistischen Vorstellungen identisch sind. Diese Klugen sind übrigens ebenso wenig wie ich vom rasend schnellen Vereinigungsprozeß angetan.

Du hast Dich in Deinem Garten getummelt und ich habe höchst mühsam meine Balkonpflanzen zurechtgeschnitten und mit neuer Erde versorgt. Einige Pelargonien blühen bereits zaghaft.

••• Sabine Bergmann-Pohl, April bis Oktober 1990 Präsidentin der frei gewählten Volkskammer der DDR.

Wenn Deine neue Trauerbirke jetzt schon 5 Meter mißt, wird sie rasch die 10-m-Höhe erreichen. Du wirst staunen, wie viel Schatten es dann in Deinem Garten gibt.

Falls Du Deine Idee, „Briefe aus der DDR" in die Tat umsetzen willst: ich hätte nichts dagegen, gedruckt zu werden und empfehle am Ende ein „annotiertes" Namenregister (G. S., Jg.1926, ledig, kinderlos, bis zur Berentung als wissenschaftliche Bibliothekarin tätig – oder so ähnlich), weil Alter, Beruf und Familienstand ja Einfluß auf die Weltsicht haben. Und als Verlag könnte ja Rowohlt infrage kommen, es sei denn, sein „Aufbruch in eine andere DDR" ist er nicht losgeworden, oder ihm liegt nichts an „namenlosen Laienpolitikern".

Nun, soviel ich noch auf dem Herzen habe: jetzt ist erst einmal Schluß!

Sei herzlich gegrüßt und melde Dich bald wieder!

Deine alte Gertraud

Berlin, 4. Mai 1990

Wunderschönes Wetter! Ich habe meine Hausarbeit im Stich gelassen und bin auf die Gartenbank geflüchtet, um Dir ein paar Zeilen zu schreiben. Der zeitliche Abstand zwischen Deiner Post und meiner Antwort sollte auch so gering wie möglich gehalten werden. Ich freue mich immer, wenn von Dir Post kommt.

Es ist gut, daß Du am politischen Leben teilnimmst. Es zählt jeder einzelne. Ich bin oft so nervös, weil ich dem politischen Leben so untätig gegenüberstehe. Die Hauptursache dafür ist mein derzeitiger Gesundheitszustand. Mir fehlt einfach die Kraft, noch außerhalb meines Lebensbereiches wirksam zu werden. Aber ganz bin ich davon nicht überzeugt – ich suche noch einen passenden Bereich.

Vorerst mache ich in meinem Kollegenkreis – wenn die Euphorie über die schönen und vielen Dinge, die bald für die noch „DDR-Bürger" zu erschwinglichen Preisen zu haben sind – immer wieder auf Folgen aufmerksam, die wir wohl noch nicht einschätzen können. Du kannst Dir nicht vorstellen, wie schwer man es mit solchen Äußerungen hat. Sofort wird die Vergangenheit angeführt, werden die Sauereien benannt, die waren – überhaupt, es wird das riesengroße Mißtrauen gegenüber den „Andersdenkenden" geäußert. Es ist ja verständlich, daß der Haß gegenüber dem Alten groß ist. Ich sehe aber eine Gefährlichkeit darin, daß zu viele noch das Alte behandeln. Das heißt nicht, ich wäre dagegen, daß die Geschichte aufgearbeitet werden muß, und wer sich strafbar gemacht hat, sollte auch die entsprechende Strafe bekommen. Aber wir werden ja wie in einem reißenden Fluß getrieben, und versuche mal einer mit Rückwärtsblick das vorgegebene Ziel zu erreichen.

Angst macht mir die Gewalt, die sich breit macht. Ich bange um Steven – er ist schön und klug und mit einer sensiblen afrikanischen Seele. O Gott, wenn niedrig denkende Menschen ihn beleidigen! Es wird sich viel neues Leid in dem Ländchen ausbreiten. Aber es wird auch viel Gutes und Schönes sein.

Die Gedanken purzeln wieder kunterbunt aufs Papier.

In den vergangenen Tagen habe ich Tendrjakows Buch „Anschlag auf Visionen“ gelesen. Es ist eines der großen russischen Bücher. Tendrjakow ist 1985 gestorben. Die gesellschaftlichen Veränderungen sind von ihm vorgedacht worden. Er hat mehrere Heilsverkündigungen (z. B. die Bergpredigt, den Sonnenstaat) in den Mittelpunkt gestellt. Er wollte nachweisen, daß alle diese Lehren gescheitert sind und daß auch das Sozialismusmodell scheitern wird, weil die Menschen anders sind als es solche Modelle verlangen. Wir erleben nun so einen Punkt in der Menschheitsgeschichte, wo ein großer Versuch scheitert – wir befinden uns ja noch in diesem Prozeß. Was können wir – Du und ich – tun?

Kehre ich zum Anfang des Briefes zurück. Dein Tun ist richtig.• Das größte Anliegen sollte sein, die hohen Gewinne, die in der Welt erzielt werden, so anzuwenden, daß die ganze Menschheit menschlich leben kann. Die Machtapparate müssen kontrolliert werden, das schließt den Abbau der Rüstungen ein. Daran einen Anteil zu haben, wäre das nicht ein großes Glück? Fließt nicht die Handlung eines jeden Menschen in den Strom des Weltgeschehens ein? Ich bin schon überzeugt, daß wir uns am Beginn eines neuen Aufbruchs befinden – wir, die Menschheit.

Es ist so schön auf der Welt! Während ich schreibe, säuselt der Wind durch den Kastanienbaum und die Birkenzweige bewegen sich sanft. Die Amsel pfeift ihr Liedchen vom Nußbaum herüber. Da muß man einfach Hoffnung haben.

Nun habe ich wieder so geschrieben, was mir gerade durch den Sinn ging, und mir kam auch in den Sinn, daß Du Briefe öffentlich machen willst. Sind meine Briefe nicht doch zu konfus, um sie anderen zum lesen zu geben? Die Briefe gehören Dir, Du kannst mit ihnen tun und lassen, was Du möchtest.

Vor einiger Zeit war Alice wieder bei mir, Sie war übervoll mit Erlebnissen. Sie hat eine Busfahrt nach München gemacht –

• Bezug genommen wird auf meine Teilnahme am Ostermarsch.

sie war hellauf begeistert. Mit Anita telefonierte ich nur kurz. Sie hat viel zu bewältigen. Hoffentlich hält sie dem Druck stand. Jürgen bereitet sich nun wieder auf Prüfungen vor. Die politischen Umwälzungen haben auch von ihm Tribut gefordert. Eberhard geht heute zur Demo. Gysi protestiert gegen die Art und Weise, wie mit dem ausgehandelten Staatsvertrag verfahren wird.

Dir und Deiner Familie beste Grüße!
Deine Ingrid und Eberhard

3.5.1990

Als Termin für die Wiedereinführung der fünf Länder der DDR nennt Lothar de Maizière den 1.1.1991.

•

5.5.1990

In Bonn beginnen die 2+4 Gespräche.

•

8.5.1990

Die EG-Außenminister bekunden in Brüssel die Absicht, die Visa-Pflicht für DDR-Bürger bei Reisen in EG-Staaten bis 1.7.1990 aufzuheben.

•

13.5.1990

In Bonn sind die Expertengespräche zum Staatsvertrag beendet. Die DDR-SPD fordert erhebliche Nachbesserungen.

Berlin, 12. Mai 1990

Tausend Dank für den Aufruf „Nie wieder Deutschland“. Ich habe Herrn Friess sofort meine Unterschrift geschickt nebst einigen aufklärenden Zeilen über die hiesige Situation. Die ist schon schlimm genug, wird aber von Tag zu Tag schlimmer. Einzelheiten erspare ich mir, aber einen Hohnschwall über die jetzige Regierung kann ich mir trotzdem nicht verkneifen. Ihre Mitglieder sind zwar bloß halb so fleißig wie Herr Modrow und seine Mannen waren, intelligenter sind sie wahrscheinlich nur in Einzelfällen (wenn überhaupt), aber ihre Monatsbezüge betragen das Vierfache dessen, was die alte Mannschaft bezog!!

Der o. g. Aufruf kommt natürlich ein dreiviertel Jahr zu spät – alle Züge sind schon abgefahren. Auch hierzulande kommen ja die fast täglichen Demos zu spät, die bescheuerten Mehrheiten-Wähler werden den „süßen Brei“ nicht mehr los, diese Zauberlehrlings-Nachfolger!

Nach wie vor bin ich überzeugt, man müsse mehr „aufs Ganze“ gehen, und zwar unter illusionsloser Berücksichtigung vorhandener Massentatsachen und unter vorausschauender Beachtung der Abläufe bzw. der Ablaufs-Ergebnisse. Die DDR ist de facto bereits verröchelt, Banken und Konzerne sind de facto Beherrscher des von ihnen nie aufgegebenen Großdeutschland. Juristische Fragen werden diesen Tatsachen in einer unerhörten Gewaltaktion rücksichtslos angepaßt werden, und wenn darüber weitere Tausende den Verstand verlieren (unsere psychiatrischen Kliniken sind übervoll) und Millionen arbeitslos werden.

Etliche der in „Nie wieder Deutschland!“ aufgestellten Forderungen sind ja, und das meine ich mit dem Ganzen, Verfassungsfragen, und da nun Großdeutschland schon de facto geboren ist (sogar die Vier Mächte haben das ja bereits akzeptiert!!), gilt es in Wahrheit, in beiden deutschen Noch-de-jure-Staaten für eine neue Verfassung zu kämpfen, etwa so:

Eine neue Verfassung – mit humanen Bestimmungen für ausländische Bürger!

Eine neue Verfassung – mit Aussperrungsverbot!

Eine neue Verfassung – mit Paragraph-218-Verbot (als Biologe ist mir der künstliche Abortus ja durchaus suspekt, besonders in Anbetracht der mannigfaltigen Verhütungsmöglichkeiten, aber; es gibt dabei ja auch gelegentlich Versager)!

Daß unsere Regierungs- und Parlamentsmehrheit den großartigen, zusammen mit Verfassungsexperten beider Staaten vom Zentralen Runden Tisch erarbeiteten Entwurf für eine neue DDR-Verfassung ohne Debatte binnen Minuten von der Tagesordnung fegte, habe ich wohl schon berichtet. Diesen Entwurf hat der Staatsverlag (bzw. sein Nachfolger) übrigens als Broschüre herausgebracht, ich selber habe ihn mir aus dem ND herausgerissen. Einige wenige Leute hierzulande kämpfen weiterhin dafür, zumal der Minister der Justiz (aber ich traue ihm natürlich keineswegs) orakelhaft gemunkelt hat, er wolle die 49er Verfassung in dieser Richtung umarbeiten lassen.

Ach, der Teufel hole diese Scheinheiligen, die alles „mit Gottes Hilfe" beginnen und durchführen, auch jeden Verrat an den Interessen und Lebensgrundlagen ihrer eigenen Wähler:

Mir hängt das ewige Zeitungsgewäsch von der sozialen bzw. ökologischen Marktwirtschaft so ungeheurer zum Halse heraus. Sie blüht hier bereits gegen alle Gesetze! Wir haben tatsächlich einen Gesamtzustand halber Gesetzlosigkeit. Da machst Du Dir keine Vorstellungen, es ist grauenerregend. Sogar Günter Grass redet Unfug. wenn er von brutaler Marktwirtschaft trompetet. Die Wirtschaft – egal welche – ist genauso eigenschaftslos wie die Gravitation oder wie Ebbe und Flut. Sie verläuft bzw. funktioniert nach gewissen Gesetzmäßigkeiten, bloß die sind weniger genau bekannt, als Naturgesetze es sind. Länder, in denen im Gefolge dieser Marktwirtschaft weder Massensterben noch Massenelend herrschen, haben keine soziale Marktwirtschaft, sondern gut organisierte, politisch erfahrene Vereinigungen und Parteien von Lohn- und Gehaltsabhängigen („Arbeitnehmer“ ist auch so ein Euphemismus, erst recht natürlich „Arbeitgeber“).

Nun noch eine vorsichtige Frage. Ich war Deinen Einladungen nach Hamburg gegenüber immer etwas zurückhaltend, einmal, wie ich Euch nicht lästigfallen möchte, zum anderen wegen der leidigen Moneten. Nun habe ich mir ja 200,– DM erworben, ganz ordnungsgemäß, und meine unbändige Neugier auf bundesdeutsche „Politatmosphäre“ ist inzwischen größer als vernünftige Zurückhaltung bzw. Scheu, zu stören. Können wir die Sache fester oder genauer ins Auge fassen? Oder bist Du sogar überzeugt, diese „Atmosphäre“ sei innerhalb weniger Tage nicht einmal andeutungsweise zu erschnuppern?

Liebe Grüße
Gertraud

Berlin, 23. Mai 1990

Wir werden hier völlig vernichtet und kunstvoll in einen entsprechenden Bankrott getrieben. Diese wahnsinnigen Preissenkungen (die Preise decken in manchen Fällen kaum die Materialkosten zur Hälfte!), durchgeführt auch an „normalen“ Waren wie etwa Kittelschürzen u. v. a., leeren Geschäfte und Betriebe, und bleiben wird das große Loch für die Einführung bundesdeutscher Waren und Schließung, Konkurs und schließlich Billigeinkauf unserer Betriebe, die dann mühelos jenen zufallen, die schon seit Jahrzehnten ein Auge darauf geworfen haben. Es gibt etliche ehemalige Betriebsleiter, die jetzt wie Privatbesitzer der volkseigenen Betriebe tun, was ihnen gefällt, oder sogar die Betriebsteile an Mittelsmänner billig verkaufen und später damit leben werden. Was der Handel treibt, auch der hiesige, ist undurchsichtig und fast unglaublich, aber für jene, die das alles systematisch und „flächendeckend“ betreiben, wird schon ein Schuh daraus werden. Ins Wirtschaftsministerium ziehen Leute mit dem richtigen Parteibuch ein (!), egal, wieviel sie können, aber da einige der pfiffigsten „alten“ Abteilungsleiter flugs ihr Parteibuch von SED in SPD oder CDU wechselten, sind immerhin ein paar „Kenner“ da, die wissen, wie man auch den völligen Untergang einer Wirtschaft rasch und geschickt organisiert, zumal ihnen bereits Bonner Beamte hilfreich zur Seite stehen (oder übergeordnet sind).

Die Menschen beginnen, wie in den Zeiten der Pest, nur noch an den einzelnen Tag zu denken, und hinter den Kulissen macht sich eine wirkliche Verwahrlosung breit. Natürlich ist das hervorragender Boden für Rechte und Rechtsradikale – hier drangen neulich Nazigruppen in ein Wohnheim von Mosambikanern ein und wurden tätlich gegen Menschen und Sachwerte. Schönhubers• dritter Mann ist legal in die DDR eingereist und veranstaltete auf „eigene Kosten“ ein Riesenmeeting im Saal eines Gasthofes von Hinterposemuckel,

• Franz Schönhuber (1923–2005), deutscher Journalist und Politiker, Mitbegründer und späterer Vorsitzender der Republikaner

und 15jährige grüßen „Sieg Heil“ und wissen angeblich ganz genau, daß die Gaskammern erstunken und erlogen sind von der SED.

In der BRD gibt es ein fixiertes Berufsverbotsgesetz, aber hier, in dem Lande der endlich dank CDU (!) errichteten Rechtsstaatlichkeit, handhaben Leute „mit dem richtigen Parteibuch“ ein ungeschriebenes, aber vielerorts genau bekanntes Arbeitsverbotsgesetz gegen PDS-Mitglieder. Wer nicht austritt (weil ihm, um mit Thomas Langhoff zu reden, seine Ideale nicht beschädigt worden sind), wird von gewissen Stellen hinwegmanipuliert und bekommt keine neue Arbeit. Daß ehemalige Stasileute jetzt Friedhofsgärtner, Heizer, Paketsortierer usw. sind (sofern nicht ganz ohne Arbeit; aber manche sind auch in Schulungskurse der S-Bahn aufgenommen und werden Triebwagenführer), nimmt nicht Wunder, aber wenn Akademikerinnen verschiedener Fachrichtungen nach längerer vergeblicher Suche bereit sind, als Reinigungskraft zu arbeiten und dennoch ohne Arbeit bleiben, zeigt sich, wie recht die Frauen vom Unabhängigen Frauenverband hatten, als sie bereits vor Monaten darauf aufmerksam machten, daß im einig Vaterland die Frauen die Verliererinnen sein werden.

Selbstmorde und Einweisungen in geschlossene psychiatrische Abteilungen haben noch nicht aufgehört. Wenn es auch durchaus Einzelfälle sind, so sind auch sie symptomatisch. Und verstehen kann ich die so Handelnden bzw. von Umnachtung Befallenen durchaus. denn auch ich überlege manchmal, wohin ich (wenn auch nicht gerade ins Jenseits) emigrieren könnte, um aus Großdeutschland zu verschwinden, und manchmal befallen und bedrücken mich schlimme Alpträume, die sich ohne kunstvolle Gegenwehr zu Wahnsinn ausweiten könnten. Es wäre ein Leichtes, diese Jereminade fortzusetzen, z. B. mit dem Bericht darüber, daß neben neuen Formen moralischer Verwahrlosung die alten, SEDistischen weiterbestehen (der DSU-Innenminister wird „wegen parteischädigenden Verhaltens“ von seinen eigenen Parteifreunden aufgefordert, seine

Demissionierung einzureichen), oder mit Glossen über die Verlogenheit hiesiger CDU-Politiker (Frau Bergmann-Pohl „ist traurig, daß es um uns herum so viel Angst gibt, die es abzubauen gilt“, während ihre eigene Partei drauf und dran ist, ein NATO-Großdeutschland mitzubauen) ...

Wenn ich mir überlege, weshalb ich diese „Kommentare zur Lage“ in einem Brief niederlege und nicht, wie ich's seit Jahren zu tun pflege, meinem Tagebuch anvertraue, muß ich mir gestehen, ich halte meine Urteile bei Dir für gut aufgehoben, weil Du jünger bist als ich und weil sie in 5 bis 15 Jahren für den Historiker durchaus von Belang sein könnten.

Nun Genug für heute.

Liebe Grüße Deine Gertraud

28.5.1990

Die Zahl der Arbeitslosen in der DDR beträgt rund 100000.

29. Mai 1990

„Störhs Preise sind ein Royal-Flash, da zahlt selbst Kellner Willi cash."

Diesen Spruch bietet man mir an, wenn ich mein Haus betrete oder verlasse. Was soll das bedeuten? Und unser Deutsch wird zusehends vom Englischen verdrängt, so daß wir es so ganz nebenbei erlernen.

Doch kommen wir zu ernsteren Dingen, obwohl diese Erscheinung schon ernst zu nehmen ist. Ich habe Material zum Fotokopieren, „Wie sind wir?" Einfach zutreffend. Aber – ich habe es vor Pfingsten nicht geschafft. Überall diese Menschentrauben und darin die Taschendiebe. Sei froh, daß Du normal leben kannst. Es ist zum Teil schlimm und wird täglich schlimmer. Vielleicht kriegt Dein Sohn in seiner heilen Welt um den Saefkow-Platz herum nicht soviel mit. Aber der Alex war schon immer wie ein Meßgerät der jeweiligen politischen Situation. Jetzt erlaubt sich auch jeder alles. Nicht mehr weit von Anarchie entfernt. Diese Händler mit dem letzten Stuß aus der BRD verlangen dafür auch noch viel Geld. Dann die Polen und Rumänen, die Elektronik verschachern und Geldwechselgeschäfte tätigen.

Heute fand ich ein tolle CDU-Prophezeiung in meinem Briefkasten. [➘e]

Am 31. fahre ich also nach München, bleibe bis 4.6... Für die Hinfahrt mußte ich schon zum Bahnhof Zoo 3,50 DM bezahlen.

Die Bevölkerung ist teilweise auch ernüchtert, ob der hohen Preise. 1kg Tomaten 13,– Mark. Noch können wir uns ein Pfund kaufen, aber was später, wenn der Geldbeutel schmal oder leer ist?

Vorhin las ich im S-Bahnhof Alex hinter Glas einen Text gegen Kohl. Ganz schön respektlos. Geht auch zu weit.

Nachrichten! Neues Wort „Beitrittsmodalitäten". Sie werden in eben dieser Stunde im Reichstag ausgehandelt. Hast Du in der taz vom 14.5. den Beitrag von Konrad Weiß gelesen? „Die ganz alten Krähen sind noch da".

Leider muß ich Schluß machen.

Erholsame Feiertage und viele liebe Grüße von
Deiner Alice

1 : 1
Wort gehalten!

Ulrich Fahl, seit dem 9.2.90 im Amt des Bürgermeisters von Berlin-Mitte

- **Löhne und Renten werden im Verhältnis 1 : 1 umgestellt. Die Renten werden zusätzlich noch angehoben. Bundeskanzler Kohl hat auf Ministerpräsident Lothar de Maizière und nicht auf Bundesbankpräsident Pöhl (SPD) gehört!**
- **Die CDU weiß, daß der Grat zwischen gerechtem Umtauschkurs und dem Anheizen der Geldentwertung schmal ist. Gerade deshalb sind die Entscheidungen der CDU sowohl sozial gerecht als auch wirtschaftlich vertretbar.**
- **Wir werden bei der Umtauschregelung für Sparguthaben auf eine höhere Obergrenze wertlegen!**

Stärken Sie uns den Rücken für eine neue, soziale Politik in Berlin-Mitte!

Ulrich Fahl

CDU'90

[↘e]

Berlin, 30. Mai 1990

Nach fast chaotischen Zuständen in unserer Wohnung kehrt langsam Ordnung ein. Zu Pfingsten fahren wir zu meinen Eltern und anschließend zwei Wochen nach Oberwiesenthal.

Du bist ja über vieles informiert, was sich hier so abspielt – hier in „unserem Land" – noch kann ich es sagen. Es herrscht viel Rechtlosigkeit. Das Geld kommt mir so wertlos vor. Die Leute stehen überall in langen Schlangen und kaufen alle möglichen Sachen auf. Mir kommt es so sinnlos vor. Dann, von höherer Stelle diese Reden! Unsicherheit auf allen Gebieten des Lebens. Den Menschen wird sehr, sehr viel abverlangt, um alle Vorgänge zu begreifen, Neues aufzunehmen, Liebgewordenes wegzuwerfen. Hat es so einen Vorgang schon jemals gegeben?

Vorige Woche habe ich in der Stadt das Treiben angesehen. Der Alex hat von einem Tag auf den anderen ein buntes Kolorit bekommen. Die Kulisse ist bunt, aber die Menschen, die sich in ihr bewegen, sind vom Schicksal arg geschlagen worden. Jünglinge mit schönen traurigen Augen säumen die Wege und Straßen am Alex. Zigeuner! – ich weiß, daß dies ein Schimpfwort ist. Ich gebrauche hier den Namen der „Poesie" wegen, die trotz allem über dem Tragischen schwebt. Der schönen Augen wegen habe ich einem Bettelnden etwas gegeben. Sofort beschimpfte mich ein braver Deutscher dafür, weil – wie er sagte – diese Leute es in der nächsten Kneipe versaufen. Schon wieder werden diese Menschen, die doch einem stolzen Volk entstammen, erniedrigt.

Zur Zeit durchfahren auch viele reiche Zigeuner die DDR. Nicht nur in Berlin – auch in kleineren Städten des Landes breiten sie auf Marktplätzen ihre Teppiche aus. Ungeheure Dinge geschehen im Ländchen, die nun die Menschen schlagartig annehmen müssen und die ihnen so fremd sind. Wie werden sie auf Dauer reagieren?

Und über allem dieser wundervolle Frühling! Ist das nicht ein Geschenk des Himmels?

Bleibe heiter! Denke an Goethes Mailied und verlebe in diesem Sinne das „liebliche Fest“.

Deine Ingrid

Frankfurt (Oder), 30. Mai 1990

Ja, Du siehst richtig: ein Brief von Muttern! Der letzte stammt wohl aus dem Jahr 89.

Es ist mir wie ein Taumeln durch anrollende Wellen – durch all das Hin und Her, Auf und Nieder der Begebenheiten. Man kommt nicht richtig mit, kann all das nicht richtig – d. h. in Ruhe – überdenken. Ich werde das böse Gefühl nicht los, daß die arme geschundene DDR eben doch mehr oder weniger überrollt wird. Das sagen – und mahnen an – ja auch schon manche Politiker, die sich dem mahnenden Worte Weizsäckers• vom „Zusammenwachsen" angeschlossen haben. Ich greife mich an den Schopf – senkrecht halten! Bißchen blöd, aber es ist so. Mit Klaus reicht die Zeit auch nicht, ist meist auf dem Sprung.

Ich finde keine rechte Ruhe mehr, schwebe nur noch in schwarz-rot-goldenen Regionen. Ich war wieder mal kurz bei Gretel. Die überfiel mich mit all solchem Reklamekram, womit ihr Briefkasten belastet wird (wir sind noch verschont bis jetzt) u. a. verteilt Tchibo Aufkleber für die Einkaufstasche. Wenn das ein Tchibo-Kraftfahrer sieht, hält er angeblich und überreicht ein halbes Pfund Kaffee. Und so einen Mist macht sie mit – nur um festzustellen, ob es klappt. Bin arg enttäuscht.

Du wartest auf die Hauptsache. Ich habe nichts gegen Deine schriftstellerischen Unternehmungen. Ob Du Erfolg hast? Ingrid bekam ja eine Absage vom Weserkurier. Was in der Berliner Zeitung und in der Weltbühne zu lesen ist von Leuten zum Zeitgeschehen, hat ja nun doch einen anderen Stil. Trotzdem: Daumendrücken. Bist enttäuscht über meine Reaktion! Ich weiß ja, daß es Dir nicht ums Geld geht, dazu ist es ein viel zu ernster, bitterer Gegenstand, der an den Lebensnerv von 16 Mill. greift. Ich möchte noch eine wenigstens einigermaßen Beruhigung und „Auferstehen aus Ruinen"•• erleben.

Alles Liebe
Deine Mutter

• Richard von Weizsäcker (1920–2015) 1984–1994 der sechste Bundespräsident der Bundesrepublik Deutschland. •• Beginn des Textes der Nationalhymne der DDR von Johannes R. Becher.

4.6.1990

Seit Jahresbeginn sind 184361 Bürger aus der DDR in die BRD übergesiedelt.

•

6.6.1990

In Ost-Berlin wird die mutmaßliche RAF-Terroristin Susanne Albrecht festgenommen. Sie soll seit 1980 unter einem Decknamen in der DDR leben. In den nächsten Tagen werden weitere RAF-Terroristen in verschiedenen Städten der DDR festgenommen, die dort vor Jahren untergetaucht waren.

Berlin, 7. Juni 1990

Leider bin ich nicht eher dazu gekommen, Dir zu antworten. Unsere Situation ist z. Zt. zum Zerreißen gespannt. Die Menschen sind aggressiv und deprimiert. Die Versorgungslage ist katastrophal. An manchen Tagen sind die Geschäfte vollgepumpt mit Westwaren (Preise nach wie vor mindestens 1:3), an anderen Tagen gibt es nicht einmal Kartoffeln. Geld abzuheben ist beinahe unmöglich. Riesenschlangen an den Sparkassen. Und was uns in den nächsten Wochen noch bevorsteht, darum sind wir nicht zu beneiden. Außer Lebensmitteln gibt es kaum noch etwas zu kaufen. Die Geschäfte haben totalen Ausverkauf gemacht, und nun gibt es bis zur Währungsunion nichts mehr. Es gibt keine Strumpfhosen, keine Unterwäsche usw. Sicher ist es auch zu Hamsterkäufen gekommen.

Ich bekomme das alles nicht so mit, da ich erst nach Geschäftsschluß nach Hause komme. Das ist die neueste Errungenschaft, daß die Geschäfte um 18.00 Uhr schließen. Ich hoffe, wir behalten noch etwas die Nerven.

Nun möchte ich Deinen Brief beantworten. Ich finde Deine Idee ganz großartig, weil ich Deine Motive kenne und schätze. Ich war ganz gerührt. Ich würde an dem Vorwort nichts ändern. Es ist gut formuliert und trifft alles genau. Natürlich hast Du mein Einverständnis.

Nächste Woche will ich zu Maureen fahren. Ich habe sie seit meinem Weggang aus dem Institut nicht mehr gesehen. Sie wird mir sicher eine Menge zu erzählen haben. E. geht wohl in den „wohlverdienten" Vorruhestand mit 3500.– Mark Gehalt. Es ist einfach zum Kotzen, daß gerade die, welche hier die Mißstände hergestellt haben, sich solch einen Fetten machen können, und die anderen können die ganze Sch...allein ausbaden. Es wird ganz schön schlimm kommen. Viele von denen, die geglaubt haben, mit der Einführung der Westmark wäre alles in Butter, öffnen langsam die Augen und staunen, wenn sie den blauen Brief in der Hand haben. Damit haben viele

Menschen überhaupt nicht gerechnet, daß Betriebe nicht konkurrenzfähig sein könnten und was das für Auswirkungen auf sie selbst hat. Nun ist es aber zu spät. Der Staatsvertrag hätte vorher diskutiert werden müssen. Jetzt muß die Währungsunion kommen, koste es, was es wolle, damit hier wieder normale Verhältnisse einziehen und auch endlich die Einkäufe von BRD-Bürgern und der Schwarzhandel mit dem Geld aufhört und und ...

Ich merke es an mir selbst, daß ich jetzt ein Ende mit Schrecken dem Schrecken ohne Ende vorziehe. Ich möchte auch manchmal den Kopf in den Sand stecken. Aber was würde es helfen?

Ich komme kaum zum Lesen, da ich die Tagespresse genau studieren muß, und dann müssen wir jeden Tag die Aktuelle Kamera sehen, damit uns nichts Wichtiges entgeht.

Heute früh habe ich C. L. getroffen, ihr Mann ist jetzt auch arbeitslos, und solche Mitteilungen hört man fast jeden Tag. Es ist alles so traurig. Ich weiß auch nicht, wie es weitergehen soll, wenn ich meine Arbeit verliere. Mit 50 Jahren hat man doch gar keine Chance mehr. Ich hoffe nur für die Jüngeren, daß es die DDR-Bürger packen werden, den Lebensstandard zu heben, damit nicht mehr so viele das Land verlassen. Denn ich bin überzeugt, daß, wenn Leistung sich lohnt, sie fleißig arbeiten werden. Es ist natürlich schwer, sich vorzustellen (jedenfalls in Berlin), daß zwei Straßen weiter der Arbeiter für die gleiche Arbeit zweimal so viel verdient. Wie das weitergehen soll in einer Stadt, kann sich auch niemand so richtig vorstellen.

Aber was soll's? Ich denke, wir sollten doch den Kopf nicht so hängen lassen, irgendwie wird es schon weitergehen. Wenn man verfolgt, wie schlecht es anderen Völkern geht, hätten wir trotz alledem nichts zu klagen. Vielleicht geht die Rechnung von Herrn Kohl nicht auf. Die Stimmung ist mächtig umgeschlagen.

Jetzt freuen wir uns jedenfalls erst einmal auf unser Enkelkind, welches mit viel Liebe erwartet wird. Wenn Mutter und Kind dann wohlauf sind, werden wir sehr glücklich sein.

Ich habe mehrmals versucht, Dich anzurufen, aber es ist ein Ding der Unmöglichkeit. Das jedenfalls wird bestimmt bald besser.

Es grüßen Dich und Deine Lieben ganz herzlich
Deine Anita und Walter

Berlin, 7. Juni 1990

Wie lieb, daß Du so schnell wieder schriebest und noch dazu so ausführlich. Deine Mutmaßung, Du seiest bereits als „Rote“ gestempelt, ist ganz gewiß keine Einbildung, und das sollte Dir auch durchaus nicht ganz egal sein. Ach, es fällt mir schwer, Dir annähernd begreiflich zu machen, was diese Tatsache demnächst für jeden bedeuten wird angesichts der Raffinesse, mit der auf der ganzen Welt die Rechten vorgehen werden. Christa Wolf hat sich den Kopf darüber zerbrochen, wieso die jetzt hier Davongejagten (die ja in ihrer Jugend tatsächlich ehrenwerte Männer und aufopferungsvolle Sozialisten waren) so selbstherrlich wurden. Ihre Antwort: jene fühlten sich als Sieger der Geschichte. Nun, die Rechten sind jetzt fast weltweit Sieger und vae victis!, d. h. wehe den Besiegten.

Dank Dir für den Rat, trotz alledem hoffnungsvoll in die Zukunft zu blicken. Weißt Du, dazu bin ich viel zu illusionslos. Ich habe mir auch über die Zustände in der DDR nie Illusionen gemacht, obwohl ich nur relativ wenig wußte. Aber damals hatte ich dennoch einige Hoffnungen, wenn nicht für mich, dann doch wenigstens für die Kinder und Enkel. Es sind nur noch zwei Dinge, die mich davon abhalten, mir selbst den Garaus zu machen: das Wichtigste ist, daß ich als Geschöpf der Natur auch vom naturgegebenen Lebenserhaltungsdrang oder Weiterlebenstrieb durchdrungen bin, das andere ist meine anerzogene Fähigkeit, wacher zu sein. Und, wacker zu gehe ich jetzt auch wieder in meinen Malzirkel, verrichte das alltäglich Notwendige.

Liebe Grüße Gertraud

Berlin, 10. Juni 1990

Hab Dank für Deine freundlichen Worte – sie haben mir wohlgetan. Das Geschehene hat viele Ursachen – die Zeit legt so manches bloß. Doch darüber werden wir uns später einmal unterhalten. Jedenfalls: Die Zeit trägt auch mit Schuld. Und sie beutelt sehr viele hier. Du kannst aus der Ferne so manches vielleicht klarer sehen, weil Du zu diesen täglichen Sorgen und Ängsten Abstand hast.

Heute schreibe ich Dir ja nun doch als „BRD-Bürger". Alles was noch zu erledigen ist, hat formalen Charakter. Hier gibt es den täglichen Kampf, um die nötigsten Dinge des Lebens für „anständiges" Geld zu bekommen. Für uns noch undurchschaubar, wer sich schnell bereichern will. Oder ist es Angst, nicht bestehen zu können? Handeln muß gelernt sein! Als Katastrophe empfinde ich, daß Waren aus der einheimischen Produktion fast nicht abgenommen werden. Die Landwirtschaft steht vor einem Chaos. Handelsketten, z. B. in der Berliner Markthalle, unterbinden den Absatz von „Havel"-Obst und Molkereiprodukten aus diesem Land. Morgen werden in Leipzig 10000 Liter Milch in einem verkehrsreichen Punkt auf die Straße gekippt. Dieser Vorgang soll täglich wiederholt werden, wenn der Absatz nicht gesichert wird. Es ist doch ein unmöglicher Vorgang, von einer Sekunde zur anderen von der Planwirtschaft zur freien Marktwirtschaft überzugehen. Die Inkompetenz der Regierenden ist katastrophal. Sehr erschreckend nimmt die Freisetzung von Intellektuellen zu. Ein Beispiel: Der Verlag Volk und Welt reduziert seine Mitarbeiter von 135 auf 35! Die slawische Abteilung wird unterrepräsentiert sein. Thomas Reschke fliegt auf die Straße. Er ist erschüttert, was nun noch von den Russen bei uns wird verlegt werden können. Der Westen, so meint T. R., übersetzt sporadisch – die DDR hat systematisch veröffentlicht. Die Künstler sind entsetzt, weil nun der neue Zensor der Markt werden soll.

Die Ablichtungen, die Du mir geschickt hast, machen schon die Runde. Ja, die Frauen* sprechen mir aus dem Herzen.

* Texte von Helga Königsdorf und Bärbel Boley

Am Sonnabend hatte die Malerin Heidrun Hegewald in der Berliner Zeitung ihre Ängste offengelegt. Wie viele werden diese Worte annehmen? Werden sie von den täglichen Sorgen überschattet werden oder werden sie Mut zu neuen Kämpfen machen? H. H. meint, daß hier in erschreckendem Umfang Vollnarkose herrscht. In diesem Artikel hat mir gutgetan, was sie auf die Frage, was für unverzichtbare Werte wir DDR-Bürger als Mitgift in die deutsche Einheit einbringen können, antwortete: „Mir scheint, daß DDR-Bürger eine verinnerlichte Haltung haben. Die aufgezwungene Isolation, die geringen Ablenkungen begünstigen Konzentration – eine tiefere Einlassung in Gedankenwelten. Leiderfahrener gefühlt – Mangel erlitten: Neigung zum Wesentlichen. Das ist meines Erachtens auch die eigene Weise, mit der Kunst und Literatur der DDR stigmatisiert scheinen."

Die Welt ist wahnsinnig laut geworden und sie wird auch mir aufgezwungen. Man wird so brutal aus dieser „aufgezwungenen Isolation" herausgezerrt, in der es für mich so viel Ruhe und – wie oben gesagt – Konzentration gab.

Während ich dies schreibe, schweifen meine Gedanken hin zu Puschkin. In seinem Onegin steht vieles geschrieben, was ich jetzt empfinde. Er ist ja mehrmals in die Verbannung – in die geistige Isolation sowieso – getrieben worden. Zu diesen Orten hat er sich oft zurückgesehnt.

Und so sitze ich hier und schaue in den trüben Tag, und meine slawische Seele ist schwermutsvoll.

Aber es ist schön, daß meine Gedanken bei Dir sein konnten, denn ich habe die Korrekturbögen für eine Stunde beiseitegeschoben.

Dir und Deiner Familie wünsche ich einen zauberhaften Urlaub – weit weg von diesen Machtstürmen.

Viele liebe Grüße
Deine Ingrid

Berlin, 10. Juni 1990

Schade war es schon, daß aus dem gemeinsamen Kaffeetrinken neulich in Eurem romantischen Häuschen nichts wurde, zumal uns wirklich der Zufall – wir hatten einen Stadtplan erst in Hamburg bekommen – auf der Suche nach einer Telefonzelle – ganz in die Nähe Eures verträumten Winkels gebracht hatte; nicht zuletzt hättest Du eine Antwort auf Dein Anliegen drei Wochen früher gehabt.

Gestern Abend haben wir Mathias' Promotion unter Freunden und Verwandten gefeiert – zusammenfassend: acht Stunden Politdiskussion. Manchmal hat man diese Gespräche satt, weil es immer im Kreis geht.

Zum wichtigsten, weshalb ich sogleich schreibe: natürlich stimme ich Deinem Anliegen gern zu, schon deshalb, weil ich ein Faible für kreative Menschen habe. Obwohl ich natürlich nicht weiß, was ich Dir geschrieben habe, und sicherlich sehe ich heute manches anders und würde es anders bewerten. Freilich muß man sich darüber im Klaren sein, daß ein solcher Briefband (geschrieben von Leuten, die – anders als ein Schriftsteller oder ein Politiker – beim Schreiben nicht an eine Öffentlichkeit denken) niemals die historische Wahrheit, das historisch Wesentliche widerspiegelt, sondern nur eine individuelle, einzelmenschliche Wahrheit. Aus solchen Briefen kann der Leser von heute oder von morgen nicht erkennen, was hier vorging, sich vollzog, aber er kann einen Eindruck gewinnen (einen schwachen), was der Einzelne dabei empfand, die die Ereignisse auf den einzelnen wirkten. Und viele solche Briefe, viele solche Bändchen können denen, die nach uns kommen, sicher ein anschaulicheres, ein zutreffenderes, ein wahrhaftigeres Bild von dem vermitteln, was die Menschen in diesen Tagen fühlten, was sie bewegte, als die Kapitel in künftigen Geschichtsbüchern. Darin liegt schon eine Aufgabe und ein Wert. Aber ich bin sicher, ein anderer, vielleicht mein Nachbar, der meinen Brief liest, wird sagen: Es war alles ganz anders. Das kindliche Bild, wenn in Geschichtsbüchern von einer Revolution geschrieben wird, eine ganze Stadt, ein ganzes Land stand auf den Barrikaden, es stimmt nicht. Denn es ist sehr gut möglich, in einer stillen Ecke zu sitzen und Goethe zu lesen oder Milchsuppe zu kochen, während ein paar hundert Meter weiter die Revolution lodert. Es ist eben alles ganz anders.

Aber: glückliches Gelingen für Deine Idee, und ich drücke Dir die Daumen, daß Du einen Verleger findest. Auf Deinen Brief komme ich noch einmal zurück, vielleicht auch auf das Vorwort, das ich nur überflogen habe. Falls Ihr inzwischen nach Norwegen fahrt, wünsche ich Euch ebenso schöne Tage, wie wir sie in Dänemark hatten. Es war wunderschön dort. Und wenn ich näher gefragt würde, wollte ich sagen, es war das Atmosphärische.

Ganz herzliche Grüße Dir und Deinem Haus
Heinz
Und schöne Grüße auch von Inge

16.6.1990

In Ost-Berlin und anderen Städten der DDR finden Demonstrationen zur Beibehaltung der Fristenregelung bei Schwangerschaftsabbruch statt.

Berlin, 17. Juni 1990

Von Deinem Buchprojekt bin ich begeistert und wünsche Dir Glück mit einem Verleger! Ich weiß von England, daß der Einstieg für Autoren sehr schwer ist, dafür gibt es aber auch viele einfachere Publikationsformen – auf jeden Fall mußt Du alle Chancen zur Veröffentlichung nutzen. Deine Einführung könnte nicht treffender und anregender sein – ich finde beim besten Willen keinen Makel oder Mangel. [↘f]

Jetzt noch einige Fortsetzungen zu angesprochenen Themen. Stefans Schule hat sich trotz unseres Protestschreibens an den Schulrat mit Unterschriften fast aller Eltern, wobei die Masse noch nach alter Tradition und unter neuer Mutlosigkeit ziemlich passiv ist und den wenigen Engagierten dankbar das Feld überläßt, nicht von ihrem Kurs abbringen lassen. Die regulären Klassen sind per l. September in die Nachbarschule verabschiedet. Zum Glück nehmen die Kinder selber die Sache nicht so ernst, zumal sie im Klassenverband bleiben. Doch kritikwürdig ist das Konzept – bevor noch ein Gesamtprogramm für die Stadt vorgelegt werden konnte (und das wird unter der jetzt angetretenen SPD in Berlin eine Gesamtschulstruktur sein), profilieren sich ehemalige Spezialklassen-Schulen als Gymnasien in spe ... Ich will versuchen, dieses Problem in die Zeitung zu bringen – es ist erschütternd, wie kritiklos das antiquierte 3-gliedrige BRD-Schulsystem hierzulande als Alternative zur verrufenen Einheitsschule ersehnt wird.

Nicht weniger kompliziert ist das andere Thema: „Die Liberalen“. Mein Artikel ist im „Morgen“• bisher nicht erschienen (etwas hoch gegriffen paßt darauf: „Der Prophet gilt nichts im eigenen Land“!) Mit zunehmenden Bedenken und Zweifeln habe ich alle Etappen meiner Partei in Richtung Vereinigung mit der FDP durchlebt (wir nennen uns jetzt „Bund Freier Demokraten – Die Liberalen“ und haben die ehemalige NDPD•• integriert, während die FDP-Ost und die Neue Forum-Partei

• Von der LDPD herausgegebene Tageszeitung •• Nationaldemokratische Partei Deutschlands

noch eigenständig, aber in der Volkskammer mit uns als Fraktion verbunden sind). Was sich jetzt noch als vertretbare Existenz für Parteifreunde meiner Gesinnung anbietet, ist das Wirken in neuen „Sozial-liberalen Arbeitskreisen“, für die ich mich kräftig engagiere. Morgen ist die Gründungsberatung – einen Entwurf des Anliegens füge ich bei.

Ich wünsche Dir einen schöpferischen Urlaub (wir werden in England sein).
Herzlichst Sabine

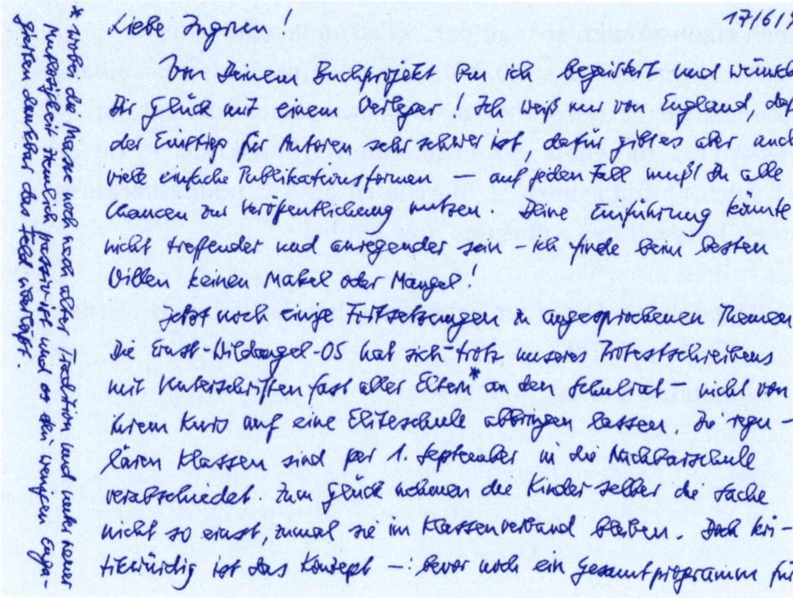
Liebe Ingrun! 17/6/90

Von Deinem Buchprojekt bin ich begeistert und wünsche Dir Glück mit einem Verleger! Ich weiß nur von England, daß der Einstieg für Autoren sehr schwer ist, dafür gibt es aber auch viele einfache Publikationsformen — auf jeden Fall mußt Du alle Chancen zur Veröffentlichung nutzen. Deine Einführung könnte nicht treffender und anregender sein – ich finde beim besten Willen keinen Makel oder Mangel!

Jetzt noch einige Fortsetzungen zu angesprochenen Themen: Die Ernst-Wildangel-OS hat sich – trotz unseres Protestschreibens mit Unterschriften fast aller Eltern* an den Schulrat – nicht von ihrem Kurs auf eine Eliteschule abbringen lassen. Die regulären Klassen sind per 1. September in die Nachbarschule verabschiedet. Zum Glück nehmen die Kinder selber die Sache nicht so ernst, zumal sie im Klassenverband bleiben. Doch kritikwürdig ist das Konzept –: bevor noch ein Gesamtprogramm für

* wobei die Masse noch nach alter Tradition und unter neuer Mutlosigkeit ziemlich passiv ist und es den wenigen Engagierten dankbar das Feld überläßt.

[↘f] Brief von Sabine vom 17.6.1990

Frankfurt (Oder), 17. Juni 1990

Sei bedankt für Deinen langen, langen Brief. Von Deinen Unternehmungen lese ich mit großem Interesse.

„Deinen" Ulli sah ich neulich im Fernsehen, erinnere mich noch gut an die „Gespenster"•. Zu Deinem Buch: laß es, hat keinen Sinn bei so viel Mangel an Interesse. Ich habe das Gefühl, daß ich in der Nachbarschaft auch schon scheel betrachtet werde, als nicht C..!•• Nichts gegen die Vereinigung, nur gegen das Tempo. Genaues ruhiges Überlegen ist nicht gestattet. Weiter sage ich nichts. „Die Weltbühne" hält mich in Trapp, will sie gern behalten, muß aber wohl die Frankfurter Zeitung bestellen, da mich niemand über wichtige Nachrichten bezgl. Ffo informiert. Dann trenn ich mich wohl von der Berliner Zeitung.

Eben habe ich im Fernsehen eine Weserfahrt gesehen, dann Nachrichten gesehen, 20.00 Uhr. Es haut mich wieder um. Soviel Ängste und Sorgen. Ich habe den Eindruck eines schrecklichen Durcheinanders. Ein Gehetze, ein Nicht-zur-Besinnung-kommen-lassen bzw. -können. Ich bin so voller Ängste und Mißtrauen und heißer Wünsche: möge es ruhig bleiben, alles ein gutes Ende nehmen für alle: Ost und West und jenseits der polnischen Westgrenze. Ich möchte einen ehrlichen Geschichtsprofessor befragen, wie es sich mit der Oder-Neiße-Grenze verhält. Von wegen urdeutsch. Stimmt meine Meinung betr. Friedrich II.; erst seit dem 3. schlesischen Krieg waren diese Gebiete preußisch und damit deutsch. Soll es darum wieder ein Blutvergießen geben? Kriege bringen immer Grenzveränderungen mit sich. Und Deutschland hat den Krieg begonnen: Westernplatte, Danzig, Gleiwitz. All das Leid in Polen, Rußland und in den vielen, vielen anderen Ländern ...

Und jetzt die Terroristen-Festnahmen und was wieder alles rauskommt. Ich habe ein richtig drückendes Gefühl von

• Inszenierung von Ibsens „Gespenster" in den Kammerspielen des Deutschen Theaters Berlin mit Ulrich Mühe als Oswald Alving •• Gemeint ist die Vermutung der eher konservativen Nachbarn, sie wäre keine CDU-Sympathisantin

dem vielen, was auf einen einstürmt durch Zeitung, Weltbühne, Fernsehen, als hätte ich zu viel gegessen.

Sei ganz lieb gekuschelt von Muttern.

Berlin, 17. Juni 1990

Dank Dir für Deinen Brief mitbeiliegenden Kopien! Heute hoffentlich zum letzten Mal der sogenannte „Tag der deutschen Einheit"•. Ich denke, in Zukunft sollte man sich wieder mehr auf den 1. Mai besinnen, nicht mehr mit Vorbeimärschen an Tribünen, aber als Tag der Arbeit allemal. Wir werden ihn künftig vermutlich nötiger brauchen als den deutschen Einheitstag.

Im Museum für deutsche Geschichte gibt es eine sicher interessante Ausstellung „Sozialismus – wer hat den Sinn so zerstört?" [↘g]

Für heute sei ganz lieb gegrüßt
Dein Christian

• Seit 1954 ist der 17. Juni der Nationalfeiertag der Bundesrepublik Deutschland zum Gedenken an den Volksaufstand in der DDR 1953.

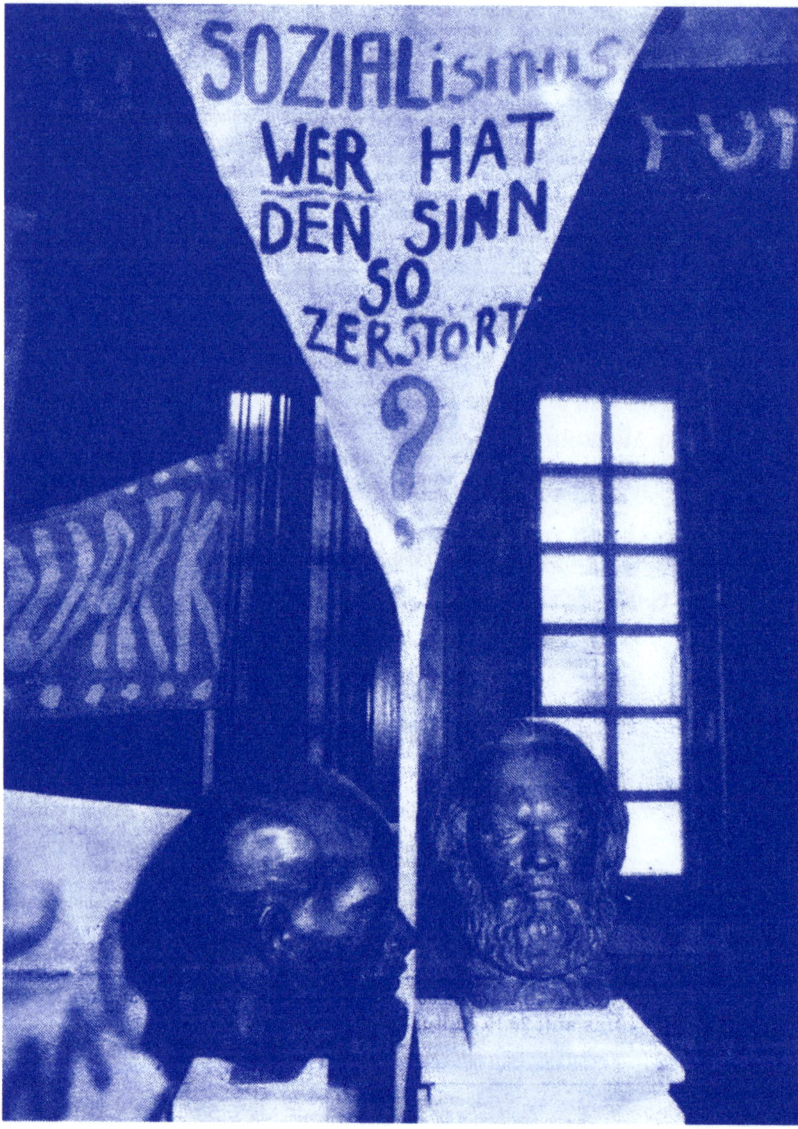

[↘g]

21.6.1990

Der Deutsche Bundestag und die DDR-Volkskammer verabschieden mit großer Mehrheit den Staatsvertrag zur Wirtschafts-, Währungs- und Sozialunion.

•

23.6.1990

Eine zunächst friedlich verlaufende Demonstration gegen Faschismus und Ausländerfeindlichkeit in Ost-Berlin eskaliert zu einer Straßenschlacht.

Berlin, 29. Juni 1990

Wenn man jetzt alles überstehen will, hilft nur noch Galgenhumor, und alles andere muß man abwarten. Gutes wird es zunächst nicht bringen. Man fürchtet sich vor den Nachrichten, dem Aufschlagen der Zeitung. Nur Abbau, immer mehr Lichter gehen aus, bis es zappenduster sein wird.

Am Sonntag hole ich den ersten „Abschlag" in West, damit wir bis zum 9.7. etwas zu beißen kaufen können. Dies gibt es ja kaum noch. Ich persönlich bin nicht vom Westgeld entzückt. Wenn das alles sein soll, was die Wende gebracht hat, dann war sie für mich unattraktiv. Sie ist völlig in die Hose gegangen, und alles war Schall und Rauch. („Wir sind das Volk!")

In Hannover bei den Verwandten sah ich, wohin der Glaube an Geld und Auto geführt hat. Alles Menschliche ist irgendwo verloren worden, und sie haben es nicht einmal bemerkt. Auch wenn sie sich alles leisten können, so sind sie für mich arme Menschen.

Der Westen soll nicht denken, daß er uns alle mit seinem Überfluß einwickeln kann. Mich nicht. Ich genieße das Positive, koste die Reisefreiheit aus.

Gestern war ich in Braunschweig. Die Eindrücke werden lange anhalten. Jetzt habe ich Niedersachsen entdeckt. Weite Landschaft, Parkstädte, keine Hektik. Es ist die Eulenspiegelstadt. Vielleicht habe ich mir etwas von diesem Volksschelm mitgebracht.

Der Anlaß für die gegenwärtigen Zeitläufe liegt allein bei uns. Nichts geht mehr zu reparieren. Das Schiff ist untergegangen. Die Kapitäne wahren ihre Würde.

Wie geht es Dir, liebe Ex-Bürgerin? Ja, wir sitzen wieder im gleichen Boot, beneidet von unseren Nachbarn und der übrigen Welt. Die Nachbarn nebst Hinterland verlassen sich auf Eure fetten Geldkatzen. Aber in Hannover bekam ich zu hören, daß wir die ganzen Jahre nichts getan haben. Sie hätten ihren Überfluß schwer erarbeitet, ohne daß sie so große Lebensspritzen erhalten hätten. Nun brauchten wir nichts zu tun, als auf das große Geld zu warten. ...

Herzliche Grüße von Deiner Alice

2.7.1990

Die Wirtschafts-, Währungs- und Sozialunion zwischen BRD und DDR tritt in Kraft.

Berlin, 2. Juli 1990

„Aus Ideen werden Märkte"

Nun ist es also soweit, der Tag X ist Realität geworden. Meine erste Geldausgabe heute: das Recycling-Briefpapier! Die Schlagzeile der heutigen „Berliner Zeitung": „Raketen knallten, Sekt floß – Silvester im Sommer. Ost-Mark ging und D-Mark kam."

Dieses Hochgefühl stellt sich bei mir nicht so richtig ein – es ist alles irgendwie eigenartig. Freitag noch die leer gefressenen Regale in den Geschäften und heute das „Schlaraffenland". Aber trotz einer gewissen Bedrücktheit und Unsicherheit überwiegt wieder die Hoffnung!

Freude über den endgültigen Wegfall der Grenze in Berlin und in deutschen Landen. Das Zusammenwachsen von beiden Teilen Berlins kann man täglich hautnah erleben.

Am Samstag war ich beim Theater-Sommerfest der Freien Volksbühne – ein großes Spektakel mit 80 Berliner Theatern bzw. Theatergruppen rund um die FVB•. Dabei auch unser gutes altes DT••, an dessen Stand ich beiliegenden Aufkleber für Dich erstand. Der „Hamlet" läuft übrigens doch im Hause des DT weiter. Am Abend dann in der Freien Volksbühne ein tolles Programm zur aktuellen Lage und ein Sektempfang auf Kosten des Hauses mit vielen Berliner Theaterleuten.

Am Dienstag davor ein weniger erfreuliches kulturelles Ereignis in *unserer* Volksbühne. Unter dem Motto „Das Chaos ist aufgebraucht – es war unsere schönste Zeit" (sehr treffend) verabschiedete sich das zum 30.6. von NARVA••• aufgekündigte Arbeitertheater NARVA" mit den „Goldgräbern" von dem Biermann-Freund Kurt Bartsch. Vor 13 Jahren hatte Eckhardt Bogda•••• das Stück schon einmal inszeniert – es wurde damals verboten und durfte nicht mehr gespielt werden. Diese Neu-

• Freie Volksbühne Westberlin •• Deutsches Theater Ostberlin ••• Das Ostberliner Glühlampenwerk NARVA war der Sponsor des in der Volksbühne angesiedelten Laientheaters, dem auch der Briefautor jahrelang angehörte •••• Eckhardt Bogda – Schauspieler an der Volksbühne Berlin, seit dem Jahr 1975 leitete er das mehrfach ausgezeichnete Arbeitertheater des Berliner Glühlampenwerkes im Kombinat NARVA, bis zu dessen Kündigung durch den Trägerbetrieb im Jahr 1990.

inszenierung heute war ein einziger Krampf – Bogda völlig am Ende, bei dem Beisammensein nach der Vorstellung war er ständig in Tränen aufgelöst, bekam im Laufe des Abends einen Anfall, so daß wir einen Notarzt rufen mußten. Sehr tragisch, das Arbeitertheater war sein Ein und Alles, bloß die Luft war seit 1 ½ Jahren schon raus, die neue Zeit gab nun den Rest dazu.

Ich dachte, mein Schwesterherz schwingt sich mal auf und schreibt, was sie für den Sommer so geplant hat. Egal, ab 25. Juli ist sie jedenfalls herzlich willkommen.

Alice schrieb mir übrigens in Bezug auf Dein wunderbares Geburtstagspäckchen: „Deine Mutter ist unübertroffen super!"

In diesem Sinne grüße ich Dich ganz herzlich, wie immer natürlich auch Bettina und Dieter
Dein Christian

Berlin, 22. Juli 1990

Die Zeit fliegt, das Tempo verschlägt den Atem, also auch das Wort. Was man gestern gedacht oder empfunden hat, kann man schon heute nicht mehr aufschreiben. Ich habe einen zweiten Versuch aufgegeben, ein Tagebuch zu führen. Eine Stunde, eine Nacht – und wieder ist alles ganz anders. Das macht es auch unmöglich, einen vernünftigen Brief zu schreiben. Nichts ist mehr zu regeln. Die Volkskammersitzungen – heute, Sonntag, wieder eine, mit halbem Ohr höre ich zu – sind ein groteskes Spektakel, und zugleich packt einen tiefes, deprimierendes Mitleid. Aber gibt es eine Revolution, die nicht ihre Mütter und Väter verraten hätte? [↘h]

Chaos, und dennoch regelt sich vieles von selbst. Drei Wochen erst, seit die harte Mark hier einzog (so „hart", hat das Physikalische Institut der TU Dresden festgestellt, sei sie nun gar nicht, und in der „Festigkeit" erwies sich die Alu-Mark sogar deutlich überlegen), doch die horrenden Preistreibereien sind – zumindest hier in Berlin – schon abgeklungen und Schnee von gestern. Das Tempo mag atemberaubend sein, aber meine feste Überzeugung: Jede Verzögerung verlängert nur die Qualen der Vereinigung und vertieft sie letztlich auch. Ich weiß nicht, wer die Illusion haben konnte, es könnte einen „sanften" Übergang geben. Dieser Gedanke setzt das gleiche Mißverständnis voraus, an dem das Sozialismusbild von Anfang an zum Scheitern verurteilt war: Der Mensch ist gut. Aber schon die Klassiker schrieben: Edel *sei* der Mensch, hilfreich und gut. Er ist es eben nicht.

Wir Älteren hier werden damit zu leben haben, Zweite-Klasse-Bürger im geeinten Deutschland zu sein. Für die Jungen wird das Jahr 1990 in fünf oder zehn Jahren Geschichte sein. Das ist meine Gewißheit, die mich trägt. Wirklich hart getroffen sind die Mittvierziger und darüber. Sie zahlen diesmal den Preis. Ist er zu hoch? Wenn man meint, er sei der Einkaufspreis in die BRD, dann ist er gewiß zu hoch. Ich meine, es ist der Preis für das, was wir hinter uns lassen. Nein, hierfür ist er gewiß nicht zu hoch.

Im Alltag geht das Leben alltäglich weiter. Ein eigenartiges Gefühl ist es schon, über Friedrichstraße in Richtung Zoo weiterfahren zu dürfen. Noch unbeschreiblicher sind die Empfindungen, wenn man im Auto in irgendeiner Nebenstraße, deren Namen man nicht einmal kennt, durch eine Öffnung in der Mauer von Ost nach West oder von West nach Ost hinüberwechselt.

Unser Institut arbeitet noch und alle sind noch da. Allzu lange haben wir wie das Kaninchen auf die Schlange gestarrt. Jetzt weicht die Erstarrung, aber es wird wohl zu spät sein (obwohl ich zweifle, ob eine frühere Erlösung am kommenden Ende etwas hätte ändern können). Wenn ich vorhin einen Abschnitt in einer Volkskammerrede richtig verstanden habe, müssen für solche (einem Ministerium) nachgeordneten Institute bis Mitte September Ausgliederungs-/Auflösungskonzeptionen dem Ministerrat vorgelegt werden und die Verfahren bis Jahresende abgeschlossen sein. Das heißt wohl auch, ein Moratorium wie für die Akademie der Wissenschaften wird es nicht geben. Prof. E. ist in dieser Situation fein raus: er ist im Vorruhestand. ...

Unser „Dinosaurier", dessen Anfang Du hier noch mitgestaltet hattest, ist endlich fertig, und er gibt einem Hoffnung auf Freude: ein renommierter Verlag hat Interesse an der Veröffentlichung. Wenn es dazu käme, wäre dies ein freundlicher Trost für die harten Mühen aller Beteiligten, denn ob der Thesauerus jemals wird angewendet werden können, ist doch fraglich, obwohl wir alles für den Start im September vorbereitet haben.

Deine letzten beiden Briefe klangen nicht gerade fröhlich und optimistisch. Vielleicht hat das den gleichen Grund, der jetzt für die meisten hier gilt: Wir haben zu lange nur hier gelebt. Die sozialen Utopien haben ihre Spuren hinterlassen. Und vor allem die Utopie, die wir zum Überleben brauchten: es müsse etwas zwischen dem entarteten Sozialismus und dem schlimmen Kapitalismus geben. Für dieses Jahrhundert ist die Sache entschieden. Die Marktwirtschaft hat gesiegt. Ich meine zu Recht und auf lange Dauer. Was uns dennoch und gerade deshalb als Aufgabe bleibt: die soziale Idee hochzuhalten, zu entwickeln, unverdrossen etwas für ihre Verinnerlichung und für ihre tatsächliche Verwirklichung zu tun. Und das wichtigste immer: Alles, aber auch alles gegen den Mißbrauch der Gewalt und für die Kontrolle der Macht.

Du wirst es gelesen haben: Die schlimmsten Krawalle anläßlich der Fußballweltmeisterschaft waren in Hamburg und in Ostberlin. Makabre Gemeinsamkeiten. Wir bemühen uns trotz allem, nicht zu vergessen, daß das Leben schön und einmalig ist. Jetzt, wo ich dies schreibe, sitze ich im Grünen, und die Wolken sind im Augenblick so, wie Tucholsky sie besungen hat. Inge hat hier draußen für alle Wochenenden bis zum September einen kleinen Bungalow gemietet, (das ist noch möglich, denn alle Welt fährt in die Ferne, und die Marktwirtschaft hat dieses Terrain noch nicht erobert), das tut uns gut. Am Vorabend des D-Mark-Day haben wir im Schauspielhaus den Dresdner Kreuzchor gehört und danach haben wir bei einer stillen Flasche Sekt die DDR verabschiedet. Schließlich waren es vierzig Jahre unseres Lebens, die besten, würde man in normalen Zeiten sagen.

Alles Schöne für Dich und Euer Haus.
Ganz herzlich Heinz und Inge

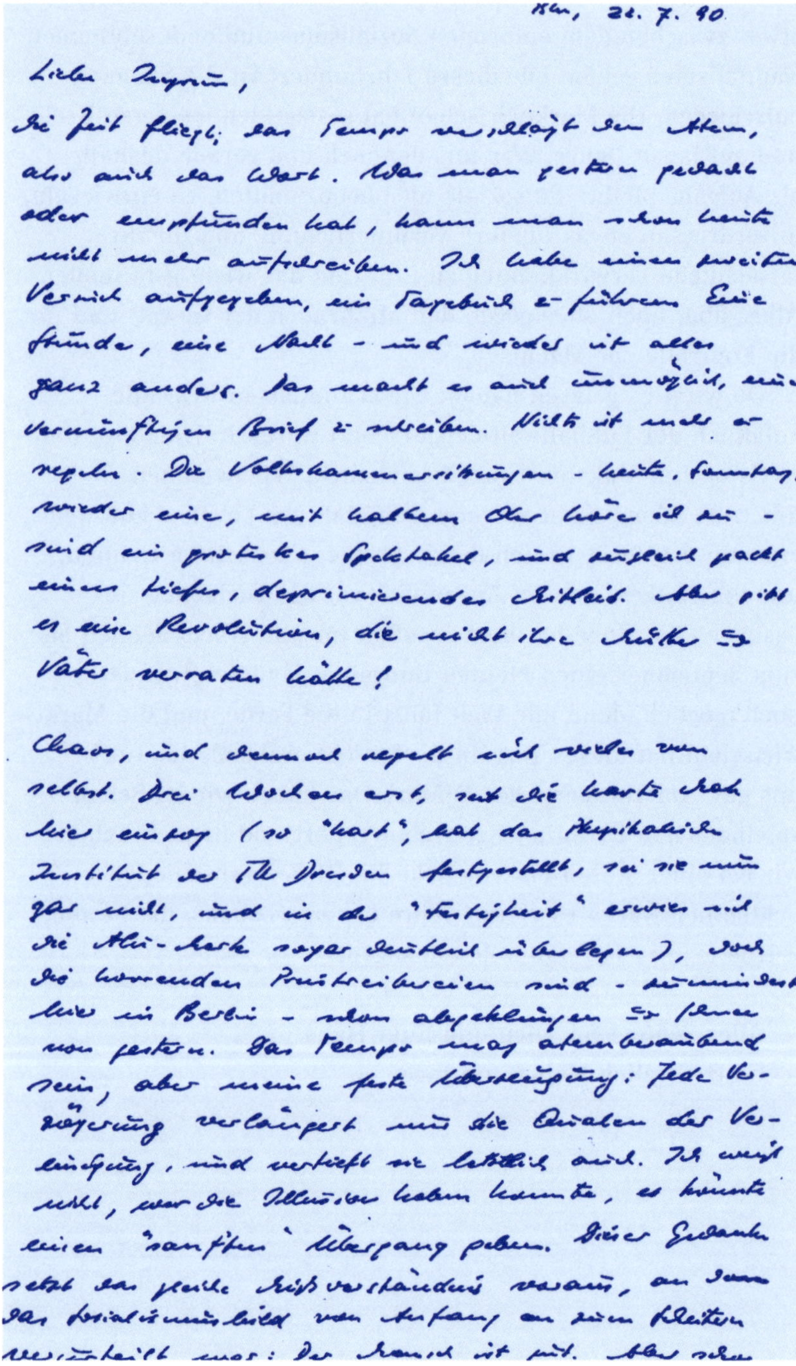

Bln, 21.7.90

Liebe Ingrun,

die Zeit fliegt; das Tempo verschlägt den Atem, also auch das Wort. Was man gestern gedacht oder empfunden hat, kann man schon heute nicht mehr aufschreiben. Ich habe einen zweiten Versuch aufgegeben, ein Tagebuch zu führen. Eine Stunde, eine Nacht – und wieder ist alles ganz anders. Das macht es auch unmöglich, einen vernünftigen Brief zu schreiben. Nichts ist mehr zu regeln. Die Volkskammersitzungen – heute, Sonntag, wieder eine, mit halbem Ohr höre ich zu – sind ein groteskes Spektakel, und zugleich packt einen tiefes, deprimierendes Mitleid. Aber gibt es eine Revolution, die nicht ihre Mütter und Väter verraten hätte!

Chaos, und dennoch regelt sich vieles von selbst. Drei Wochen erst, seit die Harte Mark hier einzog (so "hart", hat das Physikalische Institut der TU Dresden festgestellt, sei sie nun gar nicht, und in der "Festigkeit" erweise sich die Alu-Mark sogar deutlich überlegen), doch die horrenden Preistreibereien sind – zumindest hier in Berlin – schon abgeklungen zu Szenen von gestern. Das Tempo mag atemberaubend sein, aber meine feste Überzeugung: Jede Verzögerung verlängert nur die Qualen der Vereinigung, und vertieft sie letztlich auch. Ich weiß nicht, wer die Illusion haben konnte, es könnte einen "sanften" Übergang geben. Dieser Gedanke setzt das gleiche Mißverständnis voraus, an dem das Sozialismusbild von Anfang an zum Scheitern verurteilt war: Der Mensch ist gut. Aber schon

[↘h] Brief von Heinz vom 21.7.1990

Berlin, 27. Juli 1990

Nach meiner Rechnung müßte Euer Urlaub bald vorbei sein. Hoffentlich war er so, wie Du es Dir gewünscht hast.

Ich war auch 14 Tage zu Hause. Am 20. Juli hat Bettina dann mit Kaiserschnitt entbunden. Es ist ein Junge und heißt Sascha. Unsere Währungsumstellung haben wir nun ebenfalls hinter uns gebracht. Es war alles schrecklich. Man soll aber trotzdem nicht ungerecht sein, unseren Nachbarn im Osten geht es viel schlechter. Ich habe erst kürzlich einen ganz traurigen Brief aus Ungarn bekommen. Wir müssen eben abwarten. Zu unserer jetzigen Regierung habe ich kein Vertrauen, aber Euren Bundeskanzler, der sicher mit Hilfe der DDR-Bürger die nächste Wahl gewinnen wird, möchten wir auch nicht. Unsere Stimme bekommt wieder die Bürgerbewegung, wenn es auch nichts nützen wird. Mein Cousin aus Lörrach möchte uns (anl. meines 50. Geburtstages) 2 Tage Schweiz-Urlaub schenken. Wenn es Walter gut geht und sonst keine besonderen Vorkommnisse vorliegen, gehen wir am 27.8. ein paar Tage auf Reisen (auch über Heidelberg - ein Jugendtraum von mir).

Es grüßt Dich ganz herzlich
Deine Anita

24.7.1990

Auszug der Liberalen aus der Koalitionsregierung in Ost-Berlin.

•

31.7.1990

Die Zahl der Arbeitslosen in der DDR beträgt 272000.

•

4.8.1990

Bauerndemonstration vor dem Berliner Reichstag mit ca. 4000 Teilnehmern.

•

15.8.1990

Landesweite Demonstration von ca. 250000 Bauern gegen die übermäßige Einfuhr vor allem bundesdeutscher landwirtschaftlicher Produkte. Landwirtschaftsminister Pollack (parteilos, CDU-Fraktion) wird von seinem Amt entbunden.

16.8.1990

Finanzminister Romberg (SPD) wird von seinem Amt entbunden.

6. August 1990

Ein Wochenendbesuch bei Johns Tochter führte uns in die Worcester Cathedral, in der auch alte und neue Kunst vereint ist. Es tut gut, die heimatlichen Probleme vorübergehend weit hinter sich zu lassen. In London logieren wir im Haus einer ehemaligen Kollegin von John in einem nostalgischen Dachgeschoß. Reichliche Besuche halten uns in Trab, Stephan müht sich redlich mit Englisch. Ob Du mit Deinem DDR-Report rechtzeitig zum Zuge kommst? Das Tempo unserer Geschichte ist atemberaubend.

Sei herzlich gegrüßt
Deine Sabine

Berlin, 19. August 1990

Wir jagen durch die Zeit. Wohin?

Dabei steuern wir Punkte an, um kurz zu verweilen, Rückschau zu halten und dann geht die Hast weiter.

Die Ereignisse im gesellschaftlichen Leben, die ja unser aller Leben tief berühren, nehmen nun einen schwindelerregenden Kurs aufs Chaos. Wird ein rechtzeitiger Stopp möglich sein?

So einfach ist es eben nicht, 16 Millionen Menschen, die in einer anderen Welt als der BRD geprägt wurden, sich „einzuverleiben“. Das mit dem Geld geht wohl, das kann man übertragen, aber die Lebensweise, die Gefühle, die Erfahrungen, die anderen Wertungen des Lebens und so vieles mehr können eben nicht so locker und selbstverständlich übertragen werden. Die jetzige Regierungskrise scheint die Schwierigkeiten dieses Gewaltaktes bloßzulegen. Hier treten die tiefen Gegensätze zutage.

Hab herzlichen Dank für Deinen wunderschönen Reisebericht. Eberhard und ich konnten uns die Schönheiten gut vorstellen, so plastisch hast Du sie geschildert. Weißt Du, die Anna, die einmal Anitas und meine Chefin war, ist oft in den Norden gereist. Sie liebte die nördliche Landschaft leidenschaftlich. Sie hat mir oft davon erzählt und Deine Schilderung rief auch die ihre in mir wieder wach.

Ich habe den Sommer mit viel Wehmut verlebt. Mir ist oft schwer zumute. Aber ich weiß. daß das Pendel auch wieder nach der anderen Seite schlagen wird. Am Gesellschaftlichen tragen wir ja alle schwer.

Mit freundlichem Gedenken
Deine Ingrid

19.8.1990

Auszug der SPD aus der Koalitionsregierung.

•

23.8.1990

Die Volkskammer beschließt mit 262 Stimmen, 62 Gegenstimmen und 6 Enthaltungen, den Beitritt der DDR zur BRD mit Wirkung zum 3. Oktober 1990 zu vollziehen.

Berlin, 25. August 1990

Einen schönen Tag, eine fröhliche Feier und ein gutes Jahr wünscht Dir ganz herzlich Heinz.

Schön, daß wir das alles miterleben dürfen, aber nicht alles, was wir jetzt miterleben müssen, ist freilich schön. Doch laß Dir durch solche Gedanken nicht den Festtag trüben und überhaupt die Tage nicht. Wir hatten kürzlich – wie die Zeit vergeht – wieder mal Hochzeitstag und saßen in einer hübschen Gaststätte über der Havel; im Abendlicht die weißen Segel, Kerzenlicht und weicher Wind. Als Dichter würde ich sagen: Es zog Ruhe in uns ein und Frieden und hätte lange so dauern sollen. Zu Hause las ich dann meinen romantischen „Cornet“• – „... Auch der Mut muß einmal sich strecken ...“, und der Kampf und der Ärger und die Angst ...

Ungebrochen stehe ich dazu: Das Leben ist schön!

Heinz

• Rainer Maria Rilke: Die Weise von Liebe und Tod des Cornets Christoph Rilke.

Berlin, 25. August 1990

Jawohl, ich habe sehnsüchtig auf Post von Dir gewartet. Nun bin ich zufrieden. Sogar der ausführliche Norwegen-Bericht tut mir gut. Das hängt damit zusammen, daß das Kennenlernen der norwegischen Fjorde zu meinen Jugendträumen gehörte. Aber ich weiß nicht, ob ich es bei meiner wackligen Konstitution wagen kann, ihn noch zu verwirklichen. Für den Fall, ich nehme es kühn in Angriff (nächstes Jahr) wäre mir geholfen, wenn Du mir verraten würdest, mit welchen Kosten man für drei Wochen rechnen müßte und wie es steht mit der sprachlichen Verständigung. Von Fotos kenne ich ja die hinreißende Landschaft der Fjorde und Schären und mache mir keine Illusionen darüber, daß ich dem auf Anhieb künstlerisch gar nicht gewachsen bin.

Mit der Kunst sieht es momentan natürlich trübe aus. Wir alle sind vom Alltag zu betroffen, um uns der Kunst hingeben zu können. Seit Januar bin ich oft der einzige Zirkelbesucher und arbeite zwar unverdrossen, aber eben „psychisch behindert“. Alle Zirkelleiter haben per 31.8. ihre Kündigung erhalten. Sie sollen sich neu bewerben. Aber das besagt gar nichts, denn erstens fehlt es am Geld und leider auch an Beteiligung. Mein 40jähriger Zirkelleiter hat seinen Lebensunterhalt seit einigen Jahren (ursprünglich war er Chemiefacharbeiter, ist aber von Geburt ein richtiger Künstler) aus den Honoraren für zwei Zirkel bestritten und darüber hinaus aus Verkäufen seiner sehr eigenwilligen Arbeiten, abstrakt, aber nicht gegenstandslos, sehr eindrucksvoll.

Über die Lage im Lande und meine eigene Verfassung kann man eigentlich überhaupt nicht sprechen, sondern nur noch weinen. Ich stelle die Zusammenfassung aller Einzelheiten voran: Hier hat, dank dieser Regierung, die lauthals „mit Gottes Hilfe“ antrat, eine schlimme Restauration begonnen: Restauration des Manchestertums (das 2-3 Millionen schon spüren aber nicht einzuordnen vermögen) und Restauration des Kolonialismus (der ja in der 3. Welt ohnehin bloß de jure, nicht de facto überwunden war). Natürlich alles im Namen der Marktwirtschaft, die ja nur ein geschickt verkleistertes Pseudonym für unbarmherzige Profitwirtschaft ist.

Im Fernsehen gab es neulich, wie man mir berichtete, folgende Reportage aus einer thüringischen Ortschaft. Die Reporter interviewten eine 3-Kopf-starke Familie. Die junge Frau ist bereits arbeitslos und zuckt darüber stumpfsinnig die Schultern (irgendwie wird es schon weitergehen!) und der Mann hat den blauen Brief bereits in der Tasche. Nach Ende der Reportage fahren die Reporter ab, und wem begegnen sie vorm Ortsausgang? Eben jener Familie, die im funkelnagelneuen VW zur Stippvisite gen BRD fährt. Erneutes Interview: „Aber wieso haben sie einen so teuren Wagen?" – „Nun, wir hatten ja seit Jahren auf einen neuen gespart, und nun haben die Eltern was dazugegeben, damit wir uns (großes Strahlen im Gesicht) gleich was Ordentliches kaufen können!"

Hier hast Du ein Bild jener Vielen, die völlig besoffen sind: kein Gedanke an die Zukunft, keine Vorsorge und erst recht völliges Desinteresse am Allgemeinwohl. Sie werden allesamt Herrn Kohl wählen, weil der ihnen „die Freiheit", die D-Mark, ein neues Auto und schicke Hifi-Technik gebracht hat und das große „Wirtschaftswunder DDR" aus dem Kaffeesatz prophezeit. Es ist ganz und gar grauenerregend. Dann sind da die Vielen, vor allem Älteren, die wegen Arbeitslosigkeit der Kinder und Enkel bereits resignieren und „weil ja doch alles gar nichts nützt" wild entschlossen sind, den beiden nächsten Wahlen fernzubleiben. Sobald ich mit solchen ins Gespräch komme, flehe ich sie förmlich an, doch Bündnis 90 oder SPD zu wählen, weil jede fehlende Stimme eine Stimme für Mister Kohl ist. Meine Intensität macht zwar momentan nachdenklich, aber das bedeutet nichts, denn diese Leute sind vollkommen gelähmt und vergessen ruck-zuck, was ich ihnen vor Augen geführt habe.

Die Wenigen, die noch einigermaßen durchsehen (viele davon schon arbeitslos, aber trotzdem an die Zukunft des Landes denkend), kämpfen, strampeln, klären auf, aber das alles, Gott und Krause• plus de Maisière sei Dank!! wird kaum viel nutzen. Im persönlichen Umfeld können sie nichts bewirken, und soweit sie Abgeordnete sind, in der Volkskammer auch nicht. Mit uns allen wird ein übles Spiel getrieben. ...

Selbstverständlich wäre es notwendig, daß, unabhängig vom Datum, vor der sogenannten Vereinigung ein Einigungsvertrag zustande käme, aber da jene finden, „mit Gottes Hilfe" gehe es auch ohne einen solchen, muß ich Dir recht geben: Die Hauptsache ist das Wahlergebnis am 2. Dezember. Aber mit der Vernunft der hiesigen Mehrheit ist nicht zu rechnen. Sie hat sich am 18. März für Kohl entschieden und wird ihre Meinung, dem Gesetz der Beharrung zufolge, nicht ändern. Diese Leute sind nicht bereit und imstande, sich zu besinnen und Umkehr und Einkehr zu halten. Ich wiederhole: es ist ganz und gar unheimlich und grauenerregend.

Weitere Einzelheiten mag ich nicht schildern. Jeden Tag gibt es neue, jede einzelne schlimmer als die andere. Ich habe Mühe, nicht aus dem Fenster zu huppen.

Gruß! Schreib bald wieder.
Gertraud

• Günther Krause (1950) mit Wolfgang Schäuble Verhandlungsführer beim deutsch-deutschen Einigungsvertrag.

28. August 1990

Nun will ich doch noch mal versuchen, über einige Einzelheiten des DDR-Alltages etwas zu berichten. Das wird ein bißchen durcheinander gehen, doch darüber will ich mir den Kopf nicht zerbrechen.

Davon, daß vor und nach der Währungsunion vor allen Banken und Sparkassen Schlangen standen, hast Du sicher gehört. Alle waren jedenfalls vor meiner Sparkasse sehr freundlich miteinander und die meisten auch ein wenig bedrückt ... aus den verschiedensten Gründen. Eine Frau, die in meiner Schlange lauthals Begeisterung zur Schau trug, wurde schweigend verachtet, als wäre sie nicht ganz bei Troste. Das wird in Sachsen und Thüringen anders gewesen sein, aber Berlin ist nun mal vorwiegend rot. Übrigens stehen aus mir unerfindlichen Gründen jetzt schon wieder Schlangen vor den Geldinstituten.

Über die Fülle der Angebote und die verwirrende Zahl gleichartiger Produkte (Haushaltschemie, Kosmetika, fade Illustrierte von schreiender Buntheit und gefüllt mit Reklame noch und noch) von verschiedenen Firmen brauche ich nichts zu berichten. Das kennst Du ja. Überhaupt diese Reklame! Belästigende Postwurfsendungen, die hier im ganzen Hause ungelesen in den Müll wandern (welche Verschwendung und wer bezahlt das?), dieser hanebüchene Unsinn im Fernsehen und Rieseninserate in allen Zeitungen. Auch die Umstellung auf das ganz andere Preisgefüge ist Dir ja abgefordert worden. Bananen und Ananaskonserven ganz billig, Brot und Kartoffeln teuer. Ich habe mich noch nicht so recht daran gewöhnt und finde es z. Zt. auch etwas absurd. Bei meinem geringen Verzehr gerate ich vorläufig trotz inzwischen erhöhter Posttarife noch nicht in Schwierigkeiten. Die werden erst kommen, wenn die Mieten, Fahrtkosten u. a. laufende Ausgaben anziehen. Ich habe leichte Sorgen wegen meiner Behausung: kein Bedürfnis nach kleinerer Wohnung, erst recht kein Be-

dürfnis, auf diese gute Hausgemeinschaft zu verzichten. Sero•
ist so gut wie gestorben, und die Mülltonnen füllen sich
mit Karton- und Plastikverpackungen, Flaschen und Dosen
aller Art und Größe, Papierstapeln usw. Nichts was hier
existierte darf bestehen bleiben. Alles wird systematisch vernichtet und dann „viel besser" wieder aufgebaut.

Auch die Volkssolidarität•• ist so gut wie gestorben. Ihr bißchen Geld wurde ja halbiert, und vielerorts wurden ihr die Räumlichkeiten, in denen die Älteren gesellig zusammenkamen, gekündigt und dann – oh Scheinheiligkeit – für überhöhte Mieten wieder angeboten. Es gibt für die Alten keine billigen Mittagessen mehr, keine für sie einkaufenden und reinemachenden Volkshelfer. Das alles wird demnächst „aufs beste" von den sogenannten Wohlfahrtsvereinen übernommen, die dem bundes-deutschen Sozialhilfegesetz (eine entwürdigende Angelegenheit für die Betroffenen) verpflichtet sind. Wer Hilfe beanspruchen möchte, muß sich und seine Angehörigen (von denen er unter Umständen seit Jahren nichts mehr wissen will aus welchen Gründen auch immer) von innen nach außen stülpen lassen. Freiheit und Würde, ja, bloß nicht für die Unbegüterten! Ich könnte verrückt werden.

Ich kann Dir nicht im Einzelnen beschreiben, wie mit Hilfe raffinierter Finanzmanipulationen und äußert tückischer Gesetze (ausgebrütet ohne Zweifel in der BRD, sofern es sich nicht sowieso um reine Übernahmen handelt, sondern um „Übergangsbestimmungen") alles, wirklich alles vollkommen zerstört wird: z. B. Ambulatorien und Polikliniken (Ärzte und medizinisches Personal gingen auf die Straße, ohne zukunftsträchtigen Erfolg). Darüber, was sich jetzt in kleinen Kommunen abspielt, nur wenige Worte: CDU-Landräte laden ordentlich gewählte PDS-Bürgermeister einfach zu den allgemeinen Bürgermeister-Besprechungen nicht ein. Inkompetente Leute im Dorf haben beliebige Ressorts übernommen und walten „frei nach Schnauze", weil sie weder Gesetze

• Erfassung von Sekundärrohstoffen. Die Ablieferung von Altglas und Altpapier wurde den Bürgern sogar bezahlt. •• Institution für die ambulante, teils ehrenamtliche Seniorenbetreuung.

kennen noch von ordnungsgemäßer Verwaltung eine Ahnung haben, sie haben ja die Stimmen der Mehrheit. De Maisière hat mit diesem Argument neulich eine wichtige Diskussion abgewürgt. Das macht Schule. Sie haben die Stimmen, und deshalb haben sie in allem Recht!

Bürgermeister kleiner Gemeinden erhöhen die Pachtsätze für Datschengrundstücke, um die jetzigen Pächter loszuwerden und an zahlungskräftige bundesdeutsche Bürger zu Höchstpreisen verkaufen zu können (statt an langfristige Pachteinnahmen, d. h. an die Zukunft zu denken). Summa summarum: Ein Alptraum für jeden, der Augen hat. Hier bleibt kein Stein auf dem anderen und das Chaos wird unabsehbare Zeit anhalten.

Ich bin überzeugt, nur wenige Menschen hierzulande werden so sehr vom Grauen geschüttelt wie ich. Obwohl sich ja vieles, sogar der Verfall der Rechtssicherheit, ganz in der Öffentlichkeit abspielt, wird es einfach ignoriert. Das ist wohl ein Selbstschutz oder beruht auf Unwissenheit. Und richtig, das alltägliche Leben geht weiter. Es sieht auch fast normal aus.

Das soll für diesmal genug sein. Als Gegengabe darf ich mir vielleicht zwei bis drei Sätze erbitten, was der normale Hamburger von der politischen Lage hält. Tangiert sie ihn überhaupt? Macht er sich Gedanken. „ND“ wie „Berliner Zeitung“, „Sonntag“ wie „Wochenpost“ drucken zwar gelegentlich Auszüge aus bundesdeutschen Zeitungen ab, aber da diese vier ja immer noch links sind, ist die Auswahl des Abgedruckten keineswegs repräsentativ. Sie soll den Leser hier vermutlich trösten und ermutigen. ...

Sei lieb gegrüßt!
Deine alte Gertraud

31.8.1990

Die Zahl der Arbeitslosen in der DDR beträgt 360000, die Zahl der Kurzarbeiter 1,4 Millionen, davon 75 Prozent ohne Beschäftigung.

•

4.9.1990

20 Angehörige von DDR-Bürgerrechtsbewegungen besetzen die ehemalige Stasi-Zentrale in der Ost-Berliner Normannenstraße und protestieren mit einem Hungerstreik bis 28. September gegen die Verlagerung von Stasi-Akten auf das Gebiet der BRD.

•

12.9.1990

Auf der 4. Runde der 2 + 4 Gespräche unterzeichnen die Außenminister der vier Siegermächte, der Bundesaußenminister und der DDR-Regierungschef den „Vertrag über die abschließende Regelung in Bezug auf Deutschland", mit dem das vereinte Deutschland die volle Souveränität über seine äußeren und inneren Angelegenheiten zurückerhält.

Leipzig, 4. September 1990

(noch einen Monat DDR)

Beiliegend erstmal die Studienbescheinigungen•, mal sehen, was Du erreichen kannst. Bis Ende Dezember gibt es erst mal Stipendium, ab Januar soll BAföG eingeführt, aber erst rückwirkend ab April gezahlt werden. Was die gesamten Regelungen im Hochschulrecht betrifft, herrscht in dieser kritischen Übergangszeit ein totales Chaos.

Nach zwei Tagen Vorbereitung, Einweisung und Erledigung der Formalitäten geht morgen der Unterricht los. Die Apfelernte•• fällt aus, habe ich mir schon beinahe gedacht.

Das erste Semester ist vollgestopft mit Unterricht und Vorlesungen, so z.B. mit Bewegung, Fechten, Gesang, Szenenstudium, Vorlesungen in Theatergeschichte, Ästhetik und statt dem verhaßten ML••• soll jetzt Psychologie und Soziologie eingeführt werden, Sprachunterricht Englisch statt Russisch.

Soweit das Wichtigste im Telegrammstil; um 18.00 geht es heute weiter in der Hochschule. Es ist hier keine Besonderheit, von 8.00–22.00 in der Schule zu sein. Was sein muß, muß sein!

Sei ganz lieb gegrüßt von Deinem Christian

• Für die Theaterhochschule „Hans Otto“ Leipzig (ab September 1992 Hochschule für Musik und Theater „Felix Mendelsohn-Bartholdy“ Leipzig) •• Die Pflicht zum einwöchigen Ernteeinsatz für Studenten des 1. Studienjahrs in der DDR war einen Monat vor der Wiedervereinigung aufgehoben. ••• Marxismus-Leninismus war in der DDR im Grundlagenstudium Pflichtfach.

16. September 1990

Die wunderschöne Aufnahme aus Norwegen samt Grüßen bewegt mich zu zügiger Antwort, zumal zwischen Währungsunion und „Anschluß“ nicht mehr viele Tage für eine Beschreibung übrigbleiben. Ich greife einen typischen Mittwoch, 12.9., heraus. In meinem Institut rollt eine Umzugsaktion. Wegen der steigenden Gebäudemieten müssen wir enger zusammenrücken. Zwischendurch trifft sich der neu gewählte Personalrat, um über Konsequenzen der Haushaltsplanung bis Jahresende zu beraten. Zum Glück kommen wir ohne drastische Maßnahmen zurecht – nur die Rentner werden verabschiedet und freiwillige Anträge auf Vorruhestand dankend entgegengenommen. Doch welche Chance wir haben, in das bundesdeutsche Partnerinstitut übernommen zu werden, ist nach wie vor ungewiß – fest steht nur, daß wir ab 1.1.91 nicht mehr existieren!

Um Mittag des gleichen Tages (12.9.) nimmt John an einer Protestkundgebung der Humboldt-Universität (organisiert von der Gewerkschaft) teil. Die Westberliner Senatorin hat vor, die gerade gewählte Selbstverwaltung und neu berufene Professoren der Uni ihrer Rechte zu entheben sowie alle übrigen Ostberliner Hochschulen (z. B. Hochschule für Ökonomie) zu Fachhochschulen herunterzustufen. So viel Willkür verträgt sich nicht einmal mit dem Einigungsvertrag, der immerhin gewisse Übergangsphasen für Stätten der Lehre und Forschung garantiert.

Am Nachmittag sollte für Stephans Klasse ein Rundgang durch die Staatsoper mit Blick hinter die Kulissen stattfinden – die Führung wurde aus Geldmangel abgesagt. Nur noch in Verbindung mit bezahlten Vorstellungen kann die Oper dazu einladen.

Für den Abend erhielt ich zufällig Theaterkarten: „Der Geizige“ von Molière in der Volksbühne. Mit John strebte ich froh dieser willkommenen Entspannung zu, und wir hatten

Glück, sie zu erleben. Nur ein Häuflein von etwa 30 Zuschauern fand sich für diese meisterhafte Vorstellung ein. Der „Geizige" ging am Schluß händeschüttelnd durch das begeisterte Publikum – ein einmaliges Erlebnis und möglicherweise ein Abschied, denn es geht das Konzept um, aus der Volksbühne ein Tanztheater zu machen. Vielleicht klingt das alles ein bißchen negativ? Wir lassen uns trotzdem nicht entmutigen!

Mit Blick auf einen Hamburg-Treff am 6.10. rufe ich noch mal an.

Herzliche Grüße Sabine

18.9.1990

Eine Klage von acht Bundestagsabgeordneten gegen die Festschreibung der Oder-Neiße-Linie als polnische Westgrenze wird vom Bundesverfassungsgericht als unbegründet abgewiesen.

Berlin, 18. September 1990

Heute verabschiede ich mich von Dir als DDR-Bürger. Ich kann es einfach nicht fassen, in zwei Wochen BRD-Bürger zu sein. Die äußere Umwelt hat den Schritt längst vollzogen. Die Straßen sind mit „Westautos" vollgestopft, sogar auf dem Hultschiner Damm locken die buntesten Plakate Kunden an, um zu essen, zu trinken, Fahrräder zu kaufen, sich allerlei handwerkeln zu lassen, Eis zu schlecken, Töpferwaren zu kaufen, Autos zu pumpen, Lotto zu spielen, Wolle zu kaufen, Blumen zu erwerben, Obst vermosten zu lassen, Videos auszuleihen und dabei etwas zu trinken, Stempel herstellen zu lassen, sich mit Pariser Moden zu schmücken, Gartenschirme reparieren zu lassen, Vogel- und Hundefutter wird angeboten, Garten-Center entstehen, Rasenmäher werden repariert, und ganz tolle bunte kann man für schönes Geld mitnehmen, in der Drogerie, die ihr Gesicht völlig gewandelt hat, und in Lebensmittelgeschäften kann man mindestens 30 schillernde Zeitschriften erwerben, die kleine Buchhandlung führt nur noch Literatur aus westlichen Verlagen, trotz alledem – sehr schöne Bücher, der Fleischerladen wirbt mit bunten Fahnen für seine Wurst, im Stasi-Objekt werden Autos repariert, in der Apotheke gibt es Verjüngungsmittel, Liebesartikel locken in glänzenden Automaten, Sanitäreinrichtungen in wundervollen Ausführungen werden angepriesen, eine Frühstücksstube lädt zu den verführerischsten Leckereien ein, Kremserfahrten kann man unternehmen. Das alles kann man am Hultschiner Damm und seinen Nebenstraßen bekommen.

Es fasziniert mich, mit welcher Geschwindigkeit der Mangel von vielem behoben wird. Das ist lange nicht alles, was sich in den letzten Monaten herausgebildet hat. Es erleichtert das Leben. Aber eines finde ich bedrückend. Nämlich: Auf dem Hultschiner Damm sind riesige Werbetafeln für Zigaretten aufgestellt worden. Nun grinsen uns andere Fratzen an, und andere Slogans dringen in unser Gehirn. Es ist für mich unverständlich, für etwas zu werben, das tödlich sein kann. Außerdem ist es kinderfeindlich. Und der Blick in die Natur ist zudem noch verstellt.

Das ist das Kapitel!

Erst einmal schönen Dank für Deinen Brief mit den wundervollen Aufnahmen. Sie vermitteln so recht die Stimmung dieser Landschaft. Die Unterschriften• haben wir abgeschickt. Werden sie das Kuratorium selbstsicher machen? Ich hoffe es.

Dich wird unser derzeitiges Leben sicher interessieren. So will ich versuchen, das aus unserem Kreis ein wenig zu beschreiben. In diesem Sommer habe ich oft gegen Schwermut angekämpft. Die Stimmung in meinem Innern ist – trotz Arbeit an mir – trüb. Jürgens Schicksal überschattete oft die gesellschaftlichen und wirtschaftlichen Schwierigkeiten, gegen die wir mutig angehen. Für Jürgen ist eine jähe Wendung eingetreten. Das werde ich Dir einmal persönlich erzählen. Ich hatte immer noch an ein Wunder geglaubt, und so ist es für mich noch ein Wunder geworden. Jürgen macht mit Sozialtherapie weiter. Er ist an einen Menschen gekommen, Lehrstuhlleiter für diesen Studiengang, der ihn nach einem langen Gespräch noch aufgenommen hat. Es gab, so der Prof., 3000 Bewerber für 30 Plätze. Jürgen ist sehr heiter.

Für mich ist nun die Invalidisierung beantragt worden. Die Unsicherheit und Unwissenheit über das Schicksal des Instituts ist sehr deprimierend. Es werden keine exakten Aussagen über das Fortbestehen dieser Einrichtung gemacht. Leitende Mitarbeiter haben eine Denkschrift zum Bestand der Bibliothek und zum Speicher verfaßt und an Persönlichkeiten und Einrichtungen in der BRD geschickt. Positive Zeichen sollen schon gekommen sein. In unserer Abteilung verhalten sich alle Kollegen sehr anständig. Bis jetzt habe ich noch kein Gerangel bemerken können – was ja auch menschlich wäre. Aber eine große Unruhe schwebt über allen Kollegen.

Eberhard wird per 30.9. in den Ruhestand gedrängt. Quasi gibt es keine andere Möglichkeit. Das Forschungsinstitut für das Finanzministerium soll wahrscheinlich in eine kleine

• Unterschriftenliste mit der Forderung einer neuen gesamtdeutschen Verfassung.

Grundsatzabteilung umgewandelt werden, um dann in der Außenstelle Berlin zu arbeiten. Eingestellt wird in Bonn. Eberhard ist 63 Jahre alt, trotzdem ist dieser abrupte Bruch im Beruf schwer. Da ist auch Resignation.

Die materiellen Sorgen sind nicht von der Hand zu weisen. Niemand weiß, was uns bei dem niedrigen Einkommen für Unkosten abverlangt werden.

Sehr schlimm ist es eben um unsere Vergangenheit bestellt. Man kommt aus dem Grübeln nicht heraus. Es ist ein schmerzhafter Prozeß.

Wir und auch Jürgen wohnen in Westhäusern. Frau P. lebt seit ca. 30 Jahren auf einem Westgrundstück. Alte Leute, deren Kinder in Westberlin leben, hatten nach ihrem Tode ein völlig verkommenes Grundstück hinterlassen. Jetzt ist es gepflegt. Die ehemalige Laube ist befestigt worden, was die Kommunale Wohnungsverwaltung bezahlt hat. Seit Weihnachten werden die Bewohner bedrängt, und gestern sagten sie mir, daß sie das Grundstück verlassen müssen. Der Besitzer bekommt alles zurück und kann die Miete festsetzen, die wahrscheinlich so hoch ausfällt, daß sie nicht bezahlt werden kann. Frau P. ist dem Selbstmord nahe.

Der Vereinigungsvertrag ist durchaus nicht so mustergültig, wie das Herr Krause behauptet. Das Recht ist auf der anderen Seite. Alle Dinge sind noch Folgen dieses schrecklichen Krieges. Übrigens: Herr Krause[••] hat sich in Rahnsdorf eine 1-Millionen-Villa gekauft (ehemals für Staatsangestellte von Schalck[•••] finanziert) und dazu noch ein großes Stück Land, das unter Naturschutz steht und auf dem ein Seniorenheim gebaut werden sollte. Auch diese Leute sind bestechlich.

Am Freitag sind wir erst einmal für einige Stunden in die Lausitz zu den Malerfreunden gefahren. Im Juli vorigen Sommers war ich das letzte Mal da. Damals habe ich Schreckliches miterlebt. Kurz vor meinem Besuch war auf dem An-

•• Günter Krause: auf ostdeutscher Seite Verhandlungsführer bei den Gesprächen über den deutsch-deutschen Einigungsvertrag und Unterzeichner des Vertrages am 31.8.1990 zusammen mit Wolfgang Schäuble ••• Alexander Schalck-Golodkowsky: ZK-Mitglied, DDR-Devisenbeschaffer

wesen ein großer Brand ausgebrochen. Die Scheune wurde schwer zerstört. Der Dachstuhl brannte aus, und zum Teil wurde der untere Teil schwer beschädigt. Es war der Maschinen- und der große Arbeitsraum für B.•••• In kurzer Folge vorher waren im Wohnhaus und im Atelier 14 Feuer gelegt worden, die die Familie selbst löschen konnte. In Haus und Garten sah es schlimm aus. Viel schlimmere Dinge waren noch passiert, die ich Dir später mal erzähle. B.s waren Opfer der Stasi. Es war unheimlich, was denen passierte.

Zurückgekehrt nach Berlin, habe ich damals sofort Strittmatter geschrieben, damit es an die Öffentlichkeit kommt, und an Freunde der Familie in der BRD. Du kannst Dir vorstellen, was da für Haß entstanden ist. Die wenigen Stunden, die wir bei ihnen waren, wurden nur mit dieser Problematik ausgefüllt. Sie hassen Gysi und die PDS und haben Eberhard schwere Vorwürfe gemacht, in dieser Partei zu sein. Sie können nicht begreifen, daß diese Verbrechen nicht aufgearbeitet werden. Ich kann diese Leute auch verstehen, wenn sie alles unternehmen, um das an ihnen verübte Verbrechen aufzudecken.

Eberhard verurteilte aufs Schärfste diese Machenschaften und kann im Inneren die Gemeinheiten nicht verstehen, die es gegeben hat. Aber, so wollte er ihnen klarmachen, die Linke wird gebraucht. Davon wollen diese Leute nichts wissen. Sie sind für die DSU. Diese Partei, so glauben und hoffen sie, wird ihre Interessen vertreten.

B. hat starke Assemblagen gemacht. Das Durchlittene hat er in viele Materialien gebannt. Trotz dieser starken Auseinandersetzungen schätzen sie uns als ehrliche Menschen. Wir haben viel für sie getan in den letzten Jahren. Ich leide sehr unter der Vergangenheit. Die Auseinandersetzungen zwischen Eberhard und mir nehmen manches Mal gefährliche Ausmaße an. Ich bin auch sehr mißtrauisch geworden.

Nun sind wir schon ein paar Tage in Glauchau. Hier sind heute große Schilder aufgestellt worden: Morgen kommt der Kanzler! In Zwickau wird Kohl reden.

•••• Horst Bachmann, Maler und Bildhauer (1927–2007)

Von der Lausitz nach Freiberg hatten wir einen Defekt am Auto und mußten einige Zeit warten, bis wir in die Werkstatt abgeschleppt waren. In dieser sonst so stillen Gegend war an dem Abend eine Betriebsamkeit zu beobachten, die mich faszinierte. Geschäftig fuhren Lieferwagen mit ebenso vielen Aufschriften, die ich Dir vom Hultschiner Damm beschrieben habe, umher. Der größte Teil der Personenwagen waren westliche Modelle. Die Nachtfahrt durch Dresden war sehr beschwerlich, weil viele der Straßen, die nach Freiberg führen, gesperrt waren. Baustellen über Baustellen. Die Autobahnen werden jetzt zügiger gebaut. Statt wie Ameisen arbeitende Vietnamesen drücken Straßenbaumaschinen vom reichen Bruder auf Tempo. Viele Vietnamesen müssen die Rückreise antreten, wie auch Afrikaner und Kubaner. Für diese schweren Arbeiten haben sie wenig verdient. Ich denke, Sachsen wird schnell aufsteigen. Wie viele Menschen dabei auf der Strecke bleiben, wage ich nicht zu prognostizieren. In den Industriestädten gab es in den vergangenen Jahren schon einen beträchtlichen Teil von armen Leuten. Ob in Leipzig, Dresden, Chemnitz, Freiberg und auch in Glauchau habe ich sie immer wahrgenommen. Das hat mich stets geschmerzt. Wir haben hier oft darüber gesprochen. Vielleicht war bei vielen von ihnen auch ein Hang zur Asozialität vorhanden. Diese werden wohl dem Druck und dem Tempo nicht gewachsen sein. Und diese Menschen tun mir sehr, sehr leid.

Nun bin ich wohl zum Anfang meines Briefes zurückgekommen. Zwei Seelen wohnen ach in meiner Brust ...Froh, das Alte überwunden zu haben (noch nicht verwunden), froh über das Neue, mißtrauisch gegenüber dem Neuen, traurig auch über Verlorenes.

Mit diesen Gedanken verabschiede ich mich herzlich von Dir und grüße Dich und Deine Familie.
Deine Ingrid

19.9.1990

Häftlingsrevolte in der Haftanstalt Brandenburg, die sich in Laufe der nächsten Tage auf weitere Haftanstalten der DDR ausdehnt. Auf der letzten Sitzung am 28.9. beschließt die Volkskammer, den meisten Häftlingen ein Drittel ihrer Strafe zu erlassen.

•

29.9.1990

Das Bundesverfassungsgericht, das von den Grünen, den Republikanern und der Linken Liste/PDS angerufen war, erklärt die 5-Prozent-Klausel bezogen auf ein einheitliches gesamtdeutsches Wahlgebiet für verfassungswidrig, da die neuen politischen Gruppierungen im DDR-Gebiet keine Chance hätten.

•

2.10.1990

Abschlußsitzung der Volkskammer im Staatsratsgebäude.

•

3.10.1990

Deutschland ist wieder vereint.

Epilog

Ein Brief aus der ehemaligen DDR, geschrieben am 9. November 1990, dem Jahrestag der Öffnung der deutsch-deutschen Grenze, jenem denkwürdigen Geschehen, das die rasante Entwicklung bis zur Auflösung des 40 Jahre existierten zweiten deutschen Staates eingeleitet hat, soll die Briefsammlung beschließen.

Das plötzliche Öffnen der Mauer, Zeichen der Rat- und Hilflosigkeit einer Staatsmacht, wie schon der Mauerbau vor 28 Jahren Ausdruck einer Ohnmacht war, hat den Weg zur Wiedervereinigung am 3. Oktober 1990 nicht mehr aufhalten können. Der Brief aus der jetzt nicht mehr existierenden DDR ist zugleich Resümee, Rückblick und vorsichtiger Ausblick auf in der Zukunft zu Erwartendes.

Berlin, 9. November 1990

Liebe Ingrun,

es ist eher ein Zufall, daß ich Dir gerade heute schreibe, höchstens insofern nicht, als das Datum mich mahnt, mich nun endlich für Deinen Brief zu bedanken.

Noch immer ist es so, daß das gestern Gedachte schon heute nicht mehr geschrieben werden kann. Da zögert die Hand, überhaupt zu schreiben, und fürchtet, daß die Spuren, die die jüngste Zeit in uns gegraben hat, allzu offen (und allzu verwirrt und deshalb für andere kaum begreiflich) in den geschriebenen Worten sich bloßlegen.

Wie die letzten zwölf Monate, so sind auch die letzten zwölf Wochen vorüber geflogen. Alle Erlebnisse spiegeln sich im Gedächtnis, als seien sie gestern gewesen und zugleich so, als lägen sie eine Ewigkeit hinter uns, als seien sie aus einer anderen Welt. Aber kann das verwundern, wenn von einem Herbst zum nächsten ganze Epochen untergehen? Und neue Reiche erstehen oder auferstehen? Möge das Schicksal unseren Kindern und Enkeln gnädig sein und ihnen die Kraft geben, der schlimmen Versuchung zu widerstehen, ein neues Mal „Deutschland, Deutschland über alles, -über alles in der Welt“ zu singen und zu leben. Denn der Weg dahin liegt nun – so sehen es offenbar manche, deren Zettel in meinen Briefkasten flattern, deren Losungen ich an den Wänden lese und die in Reden und Spots aus den Medien tönen – weit offen. Gott schenke uns Politiker, die das zu verhindern vermögen. Das ist meine Sorge Nummer eins.

Der Herbst 89, der in diesen Tagen von den Medien noch einmal lebendig gemacht wird, er läßt sich nicht wiederholen. Die reinen und tiefen Gefühle der Freude, der Erleichterung, der Befreiung, des Glücks sind für viele wie nach einem Rausch verflogen. Sorgen und damit Neid, Aufrechnungen und Abrechnungen, Mißgunst, Haß und Gewalt – die schlimmen Seiten des Alltags, verschärft durch die Angst um die bloße

Existenz, bestimmen zunehmend das Leben. Zum Glück sitzt der sozialistische Schock noch immer so tief, daß der Ruf nach Restauration, nicht einmal unter einem Mäntelchen, kaum ertönt und nicht gehört wird.

Nun also sind wir Brüder und Schwestern unter einem Dach; aber – man kennt es aus Familiengeschichten – Sympathie und Harmonie steigen in der Regel nicht, wenn Verwandte unter ein Dach ziehen, im Gegenteil. Erst recht, wenn der arme Verwandte ins Haus kommt. Doch das wird sich richten und zur Jahrtausendwende kein Problem mehr sein, jetzt kann es schon manchmal Schmerzen bereiten. Dennoch, alle die davon reden, die Vereinigung hätte langsamer und sanfter sich vollziehen können, haben nicht hier und „unterm Volk" gelebt. Als der kleine Mann, die Massen, das Volk – wie immer man es nennen mag – die Mauer umgestoßen hatten, begann ein Lauf, der erst in der Einheit, im Eingehen der DDR in die BRD sein Ziel gefunden hatte. Ich kann mir bis heute kein erträglicheres Mittel vorstellen, daß diesen Lauf hätte stoppen oder verlangsamen können. Alles andere sind schöne Träume, aber sie wiederholen den Grundfehler, der auch den Sozialismus von Anfang an zum Scheitern verurteilt hat: Der Mensch ist von Natur aus anders als das Modell ihn braucht, um verwirklicht werden zu können. Natürlich sind gerade deshalb Ideale nötig und Bemühungen, sie zu verwirklichen. Bloß, man muß sich dessen bewußt sein und darf den Wunsch nicht als Wirklichkeit, das Ziel nicht schon als das Ergebnis nehmen.

Freilich, ein seltsames Gefühl ist es schon, sein ganzes bewußtes Leben in einem Land gelebt zu haben, das es nun nicht mehr gibt. So haben wir, Inge und ich, auch das letzte Wochenende der DDR in einer gewissen stillen Andacht verbracht, schließlich war es unser einziges, unwiederbringliches Leben.

Am Abend vom 2. zum 3. Oktober sind wir dann doch noch Unter die Linden gegangen zu den hunderttausend anderen. Wie ein Pilgerzug schoben sich die Menschen in endlosem Strom vom Alex zum Brandenburger Tor, vorbei an Hunderten von Buden und Büdchen, an Rostbratwürsten, Alf-Stickern, vier Meter hohen Coca-Cola-Flaschen, an Kapellen und Bands, an Kaiser's „Sekt für Deutschland – halbtrocken. Sonderabfüllung zum Tag der Deutschen Einheit", der diese Morgengabe noch mit einem geschmackvollen Spruch verschönte: „Wer zu spät kommt, den bestraft das Leben – mit Selters", zu lesen dann auch als Anzeige in allen großen Tageszeitungen, vorbei an Stapeln schwarz-rot-goldener Schwenkfahnen und an Mauerstückchen im Geschenkkarton mit Echtheitszertifikat, immer begleitet von festlicher Lautsprechermusik, die von cleveren Polizei-Psychologen zur Dämpfung der Stimmung ausgewählt worden war. Bis zum taghell erleuchteten Pariser Platz. Und hier am Ziel der Pilgerfahrt, wollten alle noch einmal durch das nun wirklich historische Brandenburger Tor.

Aber der 9. November kam nicht zurück und auch nicht die Silvesternacht 1989/90. Und so wandte sich die Prozession, nachdem das Heiligtum durchschritten war, in weitem Bogen zurück, wieder die Linden entlang, Zentimeter für Zentimeter, und diesmal auf der Südseite der Doppelallee. Nur wenig laute Freude, sicher keine Traurigkeit, wohl aber Nachdenklichkeit. Es ist ein bißchen so, als stünde man auf dem Bahnhofsvorplatz einer fremden, unbekannten Stadt, in der man künftig leben soll.

Als die Freiheitsglocke schlug und vor dem Reichstag die Fahne aufgezogen wurde, waren wir wieder zu Hause. Nein, dieser Tag und diese Nacht gingen nicht mehr unter die Haut. Die Tränen waren schon geweint, die der Freude und die der Trauer. Was jetzt kommt, für die meisten hier, wird nur durchzustehen sein mit viel Verstand und möglichst wenig Gefühl. Auch weiterhin, ich bin sicher, wird alles viel schneller verlaufen als erwartet, aber deshalb auch für die erste Wegstrecke viel härter als befürchtet.

Schon jetzt genügt ein winziger Anstoß, und die Menschen werden wie Wölfe. Auch in unserem Institut. Zum Glück bewegen mich solche Szenen nicht mehr allzu sehr, selbst wenn ich Betroffener bin, vielleicht ist es ein Schutzpanzer oder die Abgeklärtheit des Alters – wirklich traurig aber stimmt mich das Schicksal, das hinter diesen Eruptionen steckt. Die vierzig Jahre haben die Menschen so unselbständig, so naiv gemacht und das Trugbild sozialer Sicherheit so tief eingepflanzt, daß allzu viele nicht in der Lage sind, die auf sie zukommenden Probleme zu meistern, sich ihnen auch nur zu stellen. Und dieses Gefühl der Ohnmacht treibt sie in die Verzweiflung. Und aus der Verzweiflung wächst der Haß. Und der Haß braucht eine Person. Und die muß greifbar sein.

Jeder muß mit sich ins Reine kommen. Damit sind wir noch lange nicht am Ende. Natürlich auch ich nicht. Immerhin nehme ich aus dieser wilden Zeit mindestens zwei Lehren, die ich, so simpel sie klingen mögen, auch meinen Kindern und Enkeln einpflanzen möchte: Zum einen die Gewißheit, daß kein Zustand endgültig ist und deshalb auch kein Zustand hoffnungslos. Diese Gewißheit kann eine große Lebenshilfe sein. Zum anderen die Aufgabe, alles zu tun, um die Instrumentarien der Demokratie lebendig zu erhalten. Es gibt dazu keine Alternative. Wie wir erfahren mußten, hängt unser Leben davon ab.

Ich habe in Deinem jüngsten Brief mit Bewunderung gelesen, wie Du Dich gerade hierfür einsetzt. Die kürzliche Entscheidung des Bundesverfassungsgerichtes zum Wahlgesetz ist für viele hier eine große Ermutigung gewesen, weil gerade die Art und Weise, wie die großen Parteien trotz ihrer Schaugefechte in schöner Einmütigkeit dieses auf den eigenen Vorteil zugeschnittene Wahlgesetz durch die Parlamente geschoben hatten, ein schlimmes Beispiel gegen die etablierte bürgerliche Demokratie gewesen war. Macht muß es geben, und wo Macht ist wird es immer auch Machtmißbrauch geben. Aber immer muß es möglich bleiben, Machtmißbrauch zu begrenzen. Daß wir in der DDR es hingenommen haben, wie diese Möglichkeit peu à peu abgeschafft wurde, darin liegt unsere Mitschuld. Ich werde mir das nie ganz verzeihen (freilich – und das sage ich aus dem Erlebnis einiger Diskussionen in den letzten Wochen – billige ich auch keinem, der nicht hier gelebt hat, zu, darüber zu urteilen).

Ich halte ein, denn ich merk' schon, ich habe schrecklich viel und durcheinander geschrieben; als ich den Brief begann, hatte ich eine feste andere Absicht. Im Grunde ist jeder unserer Briefe heute zugleich Selbstverständigung. Ich denke, es wird allmählich nachlassen; an persönlichem Erlebnis steht für mich ja nur noch Arbeitslosigkeit oder etwas Äquivalentes bevor, dann ist das Tal durchschritten, aber zunächst kämpfen wir noch ...

Dir, liebe Ingrun, wünsche ich alles Gute.
Ganz herzlich
Heinz

Nachwort von Christoph Hein

Auf dem Bahnhofsvorplatz einer fremden Stadt

Die Anfrage des Verlegers Peter Graf, das Manuskript eines Buchprojektes zu lesen und zu bewerten, überraschte mich, da er mir sagte, dass der ganze Band lediglich aus Briefen besteht, die die Empfängerin in den Jahren 1989 und 1990 erhielt.

Warum, wieso sollte eine sehr zufällige oder gar willkürliche Ansammlung von persönlichen Schreiben verschiedener Briefpartner für andere Leser von Interesse sein, zumal die Absender wenig verbindet, außer dass sie alle die Empfängerin ihrer Briefe kennen und sämtliche Briefe im gleichen Zeitraum geschrieben wurden?

Zögerlich und sehr skeptisch bejahte ich die Frage des Verlegers, der mir daraufhin den Faszikel von Briefen zusandte.

Ich war überrascht, dass diese willkürliche Zusammenstellung von privaten Briefen eine sehr lesbare, sogar spannende Lektüre ergab, ein Dokument des für Ostdeutschland, für ganz Deutschland, besonders bedeutsamen Jahres, welches für die beteiligten Zeitgenossen wohl das aufregendste Jahr ihres Lebens war, ein Jahr, das sich von all ihren anderen Jahren unterschied, bei dem sich Tag für Tag ihr gewohntes Leben änderte, wo Hoffnung und Verzweiflung, aussichtsreiche Erwartungen und ohnmächtige Wut sich abwechselten. Und über das sich mittlerweile der Staub der Zeit gelegt hat und das für die nachfolgenden Generationen nur noch graue Geschichte ist oder bedeutungslose Vergangenheit.

Die Informationen über die Schreiber der Briefe sind spärlich, einiges aber lässt sich erraten, wird beim Lesen deutlich. Sie kommen aus verschiedenen Schichten der Gesellschaft, haben unterschiedliche Lebensläufe, Ausbildung und Berufe. Gewiss sind sie nicht repräsentativ für die ostdeutsche Bevölkerung, die in der Mehrheit dem neuen Staat seit seiner Gründung 1949 äußerst skeptisch gegenüberstand, auch weil dieser neue Staat sich sehr massiv gegen bestimmte, unerwünschte Berufsgruppen aussprach, gegen die Großbauern, gegen die Unternehmer, gegen konfessionell gebundene Familien, was zu fatalen Folgen auch für die Kinder der Diskreditierten führte (wie ich aus eigener Erfahrung es sehr genau weiß: ich mußte mit vierzehn Jahren die Schule verlassen, da man mir, einem Pfarrerssohn, keine weitere Ausbildung zugestehen wollte).

Die Briefschreiber, sofern sie diese Anfangsjahre der ostdeutschen Republik noch erlebt haben, hofften nach dem Kriegsende auf ein neues, ein besseres Leben. Der angekündigte Sozialismus schien ihnen erstrebenswerter als die Restauration, die der andere, der westdeutsche Staat anstrebte, der in allen Bereichen die alten Eliten wieder einsetzte, auch wenn diese hohe Funktionsträger in der Nazizeit waren. „Ich kann das schmutzige Wasser nicht wegschütten, solange ich kein sauberes habe", begründete Adenauer seine Entscheidung, für die Führungspositionen in allen Bereichen alte Nazis einzusetzen. Freilich führte das dazu, dass das neue Wasser, das saubere Wasser über Jahrzehnte kontinuierlich mit Resten der alten braunen Brühe durchtränkt wurde, da die Vorgänger im Amt bei der Wahl ihrer Nachfolger eine entscheidende Rolle spielten. Das erklärt Seltsamkeiten und Skandale, wie die Berufung eines Hans-Georg Maaßen zum Präsidenten des Bundesamtes für Verfassungsschutz.

Für den ostdeutsche Staat sollte neben der ideologischen Bindung an die Besatzungsmacht Sowjetunion der Antifaschismus prägend sein. Man verzichtete daher auf die belasteten Funktionäre und Parteigänger der Nazis und entschied sich damit gegen die alten Eliten mit der Folge, dass man auf gut ausgebildete Fachkräfte verzichtete. So entließ man belastete Lehrer aus dem Schuldienst und stellte stattdessen sogenannte Neulehrer ein, die nicht studiert hatten und in wenigen Monaten auf einen völlig neuartigen Beruf vorbereitet wurden. Sie waren ihren Schülern nur wenige Unterrichtsstunden voraus und den besonders begabten Mädchen und Jungen hoffnungslos unterlegen. Auch in der Wirtschaft wechselt man die Eliten aus, wurden die früheren Parteimitglieder entlassen, wodurch viele gut ausgebildete und vor allem erfahrene Wirtschaftsfunktionäre mit ihren Erfahrungen nicht mehr gebraucht wurden. Doch es wurden auch in diesem Staat Ausnahmen gemacht, wenn etwa ein früherer Anhänger der Faschisten eine angebliche oder tatsächliche Wandlung vom Saulus zum Paulus glaubhaft machen konnte.

Einige, und dazu gehörten die Familien dieser Briefschreiber, standen dem ostdeutschen Staat aufgeschlossen gegenüber, doch im Verlauf der Geschichte wuchs auch bei ihnen die Enttäuschung und endete mit den Jahren in resignierender oder verzweifelter Ablehnung der Politik und der Politiker. Man arrangierte sich nun nur noch, um beruflich weiterzukommen, um die Familie zu versorgen, doch der Missmut wurde immer offensichtlicher, man war immer weniger bereit zu schweigen, bis endlich eine gewaltfreien Revolte den Staat einstürzen ließ.

Nun hoffte man auf die ersehnte Wiedervereinigung, doch eine Vereinigung scheiterte, da einer der beiden Kandidaten zu schwach war. Der ostdeutsche Staat, die ostdeutsche Wirtschaft konnten ökonomisch nicht mit dem westdeutschen Staat und seinem Wirtschaftssystem mithalten, sie brachten zu wenig auf die Waage. Und so blieb nur der Beitritt, wobei der arme Verwandte gebeten wurde, nichts von seinem früheren Daheim in das nun gemeinsame Haus mitzubringen, nichts von seinen Gesetzen, seiner Wirtschaft, seinen Betrieben, denn die seien alle insgesamt ineffektiv, nutzlos und undemokratisch. Und von den Träumen und Wünschen bitte nur jene, die von der westdeutschen Republik akzeptiert werden.

„Einen Blick habe ich nach Westberlin riskiert“, schreibt eine Fünfundfünzigjährige, „mir war übel, als ich mich plötzlich inmitten dieser Schokoladenberge wiederfand. Ich wollte nur weg, weg.“

Ja, diese Überfülle kannte man in der DDR nicht und man war froh, wenn man etwas ersteigern konnte. Bei fast allen

Waren gab es nur ein einziges Modell, und was kaputt war, wurde repariert. Mangelwirtschaft nannte der Westen das östliche Modell (jetzt nennt man das: Nachhaltigkeit). Nun waren die Ostdeutschen in der Wegwerf-Gesellschaft angekommen, im buntesten Überfluss.

Und die Briefschreiberin fährt fort: „Aber dann kam mir in den Sinn, dass ich mir in den Galerien auch Rembrandt anschauen kann und vieles andere. Das ist schön, gell? Ich freue mich schon darüber, dass alles so gekommen ist, nur der Schmerz, der Schmerz ist da."

Ein Schmerz, den eine Fünfundsechzigjährige in die Worte fasst: „Ich bleibe da und die DDR verläßt mich."

Der Reichtum schockierte, aber auch die vor den großen Schaufenstern liegenden Obdachlosen. Arbeitslose und Obdachlose gab es in der DDR nicht. Das war gesetzlich verboten. Die Vermieter, die Wohnungsgenossenschaften konnten einen Mietschuldner nötigen, in eine schlechtere Wohnung umzuziehen, aber auch diese musste der Familiengröße angemessen sein. Und selbst wenn die Mieter die dann niedrigere Miete nicht zahlten, durfte der Wohnungseigentümer sie nicht auf die Straße setzen. Eine einzigartige soziale Leistung dieses Staatswesens, freilich auch ein ökonomischer Wahnsinn, der den Staatsbankrott beförderte. (Bert Brecht, ein offenbar erfahrenerer Ökonom als die Damen und Herren der DDR-Planungskommission, hatte zu dem Verbot, Mietschuldner auf die Straße zu setzen, angemerkt: „Wieso? Sind unsere Straßen schlecht?")

Mit dem Beitritt zur Bundesrepublik kam die Abwicklung. Betriebe mussten schließen, die Schulen und Hochschulen wurden „gereinigt", siebzig Prozent der werktätigen Bevölkerung wurden zeitweise oder für immer arbeitslos. In alle entscheidenden Positionen wurden nun Westdeutsche eingesetzt, die für Jahrzehnte die Eliten in Ostdeutschland wurden und blieben. Ein Begünstigter erzählte den Medien, 1989 wären er und weitere zwanzig Honorarprofessoren in München gewesen, und keiner von ihnen hatte eine Aussicht auf eine Festeinstellung, bis sich plötzlich und unerwartet für sie alle 1990 das Blatt wendete. Wenn man seinem Geplauder zuhörte, bekam man den Eindruck, die Bundesrepublik habe 1990 ein Dutzend Universitäten neu errichtet, so dass alle arbeitslosen, westdeutschen Wissenschaftler einen Lehrstuhl erhielten. Das Verfahren erinnert an den 21. Januar 1935, als das „*Gesetz über die Entpflichtung und Ersetzung von Hochschullehrern aus Anlass des Neuaufbaus des deutschen Hochschulwesens*" in Kraft trat. Tausende unerwünschte Personen wurden an diesem Tag von den Universitäten entlassen und Wissenschaftler aus der zweiten und dritten Reihe konnten deren Positionen einnehmen, wobei damals ihre geringe Empathie für die Gefeuerten auffällig war und registriert wurde.

Alles und jedes veränderte sich für die ostdeutsche Bevölkerung, und was eben noch von Bedeutung war, wurde in den Müll geworfen, das Geld wie die einst erworbenen Qualifikationen, der Beruf, die Arbeitsstelle, die gesamte Lebensleistung.

„Es ist ein bißchen so, als stünde man auf dem Bahnhofsvorplatz einer fremden, unbekannten Stadt, in der man künftig leben soll", beschreibt einer der älteren Briefpartner das neue Leben, und er fügt hinzu: „Nun also sind wir Brüder und Schwestern unter einem Dach; aber – man kennt es aus Familiengeschichten – Sympathie und Harmonie steigen in der Regel nicht, wenn Verwandte unter ein Dach ziehen, im Gegenteil. Erst recht, wenn der arme Verwandte ins Haus kommt."

Der Briefband liefert ein glaubwürdiges, ein wahrhaftiges Bild jenes für Deutschland so ereignisvollen, historischen Jahres. Bei den Lesern, die die Wende erlebten oder gar mitvollzogen hatten, wird die Lektüre eigene Erinnerungen wecken. Ihren Kindern und Enkeln kann das Buch etwas von jenem Jahr erzählen, in dem sich für ihre Eltern und Großeltern so vieles grundlegend veränderte und über das sie viel erzählen. Und den westdeutschen Lesern kann dieser Briefband die ihnen für sie fremde und unverständliche Mentalität vieler Ostdeutscher erklären, denen in ihrem ersten Leben Bücher unendlich wichtig waren, auch als Pendant zu der Propaganda der Politiker und der Medien der DDR, und die in ihrem neuen Leben - welches sie, ohne ihr Land verlassen zu haben, nun in einem völlig anderen Land zu führen hatten - einen materiellen Reichtum zu bewundern haben, den viele freudig begrüßten und der andere verstörte und in hohem Maße degoutierte.

Die Briefautoren

Meine Mutter
geboren 1906 in Pankow bei Berlin, 1920–24 Besuch der Handelsschule, bis zur Eheschließung Sekretärin u. a. bei der Siemens AG in Berlin-Siemensstadt, als Kriegerwitwe alleinerziehende Mutter von 3 Kindern, 1953-69 Sekretärin, Archivarin, Verwaltungsleiterin bei der Bezirksdirektion für Post- und Fernmeldewesen Frankfurt an der Oder, gestorben 2001 in Hamburg.

Alice
geboren 1926 in Oberschlesien, in Berlin Erwerb der Hochschulreife an der Arbeiter- und Bauernfakultät, Slawistikstudium (für Russisch, Polnisch, Slowakisch) an der Humboldt-Universität. Wissenschaftliche Mitarbeiterin in der Universitätsbibliothek, Berlin und am Institut für Hochschulbildung der Humboldt-Universität, gestorben 1992 in Berlin.

Gertraud
geboren 1926 in Chemnitz, Diplombiologin und wissenschaftliche Bibliothekarin, Wissenschaftliche Mitarbeiterin an der Universitätsbibliothek, gestorben 1998 in Berlin.

Heinz
geboren 1930 in Plauen, Pädagogikstudium, Fächer Mathematik, Chemie, an der Pädagogischen Hochschule Potsdam, bis 1960 Lehrer an der Oberschule in Schwarzenberg, Journalistikstudium an der Fachschule für Journalistik in Leipzig, 1976 Promotion zum Dr. phil. an der Humboldt-Universität zu Berlin, Wissenschaftlicher Mitarbeiter zuletzt bis 1990, Institut für Hochschulbildung der Humboldt-Universität, Mitglied der LDPD, verstorben 2012 in Berlin.

Ingrid
geboren 1934 in Altenhain bei Chemnitz, ab 1951 Ausbildung zur Großhandelskauffrau an der Kaufmännischen Berufsschule in

Chemnitz, 1972 Qualifizierung zur Bibliotheksmitarbeiterin im Zentralinstitut für Information und Dokumentation, Berlin zur Bibliotheksmitarbeiterin, Tätigkeit in gesellschaftswissenschaftlichen Forschungseinrichtungen, zuletzt bis 1990 am Institut für Hochschulbildung der Humboldt-Universität.

Anita
geboren 1940 in Berlin, Studium an der Fachschule für Bibliothekswesen, Berlin, Fachrichtung wissenschaftliches Bibliothekswesen, Bibliothekarin in einer Ministeriumsbibliothek, Postgraduales Studium, Fachrichtung Information-Dokumentation an derselben Fachschule, ab 1969 als Dokumentalistin in gesellschaftswissenschaftlichen und am Institut für Hochschulbildung der Humboldt-Universität, ab 1990 Bibliothekarin an der Freien Universität Berlin.

Sabine
geboren 1944 in Cottbus, Studium der Anglistik und Germanistik an der Humboldt-Universität zu Berlin, Promotion zum Dr. Phil., bis 1990 Wissenschaftliche Mitarbeiterin an den Instituten für Hochschulforschung und Berufsbildungsforschung in Berlin, Mitglied der LDPD, ab 1989 Mitwirkung in einer unabhängigen Arbeitsgruppe von Bildungsforschern und Aufbau des gemeinnützigen Wissenschaftsforums Bildung und Gesellschaft, gegründet 1991.

Mein Sohn Christian
geboren 1964 in Frankfurt an der Oder, Ausbildung zum Spezialhandwerker für Denkmalpflege, 1982-1990 Tätigkeit im VEB Denkmalpflege Berlin, November 1988 – Januar 1990 15 Monate Grundwehrdienst bei der NVA, September 1990 bis 1994 Studium an der Hochschule für Musik und Theater „Felix Mendelsohn-Bartholdy“ Leipzig, danach Engagements an verschiedenen deutschen Bühnen, seit 2009 freiberuflich als Schauspieler und Sprecher tätig.

Die Herausgeberin
Ingrun Spazier, geboren als jüngste von drei Geschwistern 1944 in Frankfurt an der Oder. Abitur 1963, Fachschulstudium und postgraduales Hochschulstudium (Informations- und Dokumentationswissenschaft) bis 1974. Wissenschaftliche Mitarbeiterin am Institut für Hochschulbildung der Humboldt-Universität und im Staatlichen Filmarchiv der DDR. 1988 Übersiedlung nach Hamburg, dort bis 2017 Freie Mitarbeiterin bei CineGraph, Hamburgisches Zentrum für Filmforschung.

Christoph Hein
Christoph Hein wurde am 8. April 1944 in Heinzendorf/Schlesien geboren. Nach Kriegsende zog die Familie nach Bad Düben bei Leipzig, wo Hein aufwuchs. Ab 1967 studierte er an der Universität Leipzig Philosophie und Logik und schloss sein Studium 1971 an der Humboldt Universität Berlin ab. Von 1974 bis 1979 arbeitete Hein als Hausautor an der Volksbühne Berlin. Der Durchbruch gelang ihm 1982/83 mit seiner Novelle *Der fremde Freund / Drachenblut.*
Hein wurde mit zahlreichen Preisen ausgezeichnet, u.a. mit dem Uwe-Johnson-Preis und Stefan-Heym-Preis.

Impressum

Der VERLAG DAS KULTURELLE GEDÄCHTNIS dankt seinen Unterstützern: Reinhart Binder, Frederic Böhle, BUCHMARKT, Andrew & Jeff Goldstein, Janine & Philipp Graf, Eva Großjean-Ehe, Heinz Hörner, Lucian Krawczyk, Kathrin Kunkel-Razum, DAS MAGAZIN Die Kulturzeitschrift, Friederike Mayer-Lindenberg, Ulrich Noethen, Gabriele Pohlmann, Oliver Razum, Stefan Reiserer, Elisabeth Ruge, Thomas Sarbacher, Thomas Schöttler, Hartmut Sommer, Beate Swoboda, den Gesellschaftern des Verlages sowie einigen Ungenannten, die im Dank eingeschlossen sind.

ISBN 978-3-946990-70-3
1. Auflage 2022

mis en bouteille au château

Herausgegeben von Ingrun Spazier
Nachwort von Christoph Hein
Covergestaltung unter Verwendung einer Fotografie von Matthias Rietschel und einer DDR-Postkarte, die uns Jürgen Hartwig (DDR-Postkarten-Museum) zur Verfügung gestellt hat.

Gesamtgestaltung: 2xGoldstein+Fronczek / studio stg
Gestaltung & Satz: 2xGoldstein (Andrew Goldstein, Jeffrey Goldstein, Joshua Kaiss, Erik Schöfer)
Druck & Bindung: CPI books GmbH, Ebner & Spiegel Ulm

Mehr zum Verlag auf www.daskulturellegedächtnis.de

Aus Gründen des Umweltschutzes schweißen wir unsere Bücher nicht ein.